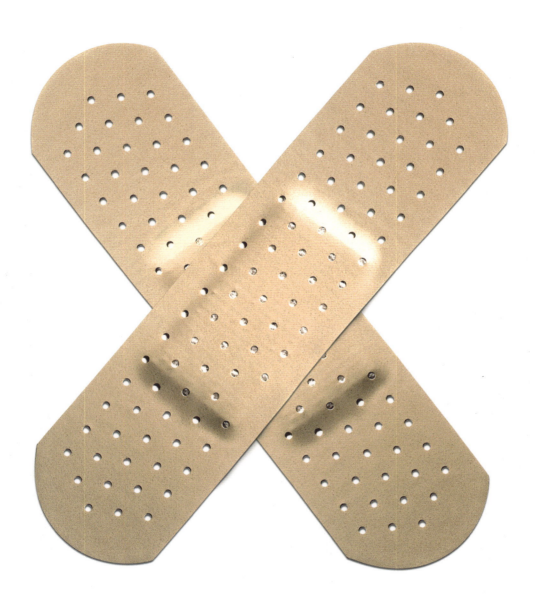

© **Copyright** 2007 **by** Evandro Mesquita

Direitos desta edição reservados à
EDITORA ROCCO LTDA.
Av. Presidente Wilson, 231 – 8º andar
20030-021 – Rio de Janeiro, RJ
Tel.: (21) 3525-2000 – Fax: (21) 3525-2001
rocco@rocco.com.br
www.rocco.com.br

Printed in Brazil / Impresso no Brasil

**CAPA, PROJETO GRÁFICO
E DIAGRAMAÇÃO**
Christiano Menezes [Retina 78]
Chico de Assis

DESIGNERS ASSISTENTES
Fran Bräkling
Fátima Fernandes

PREPARAÇÃO DE ORIGINAIS
Leonardo Nabuco Villa-Forte

CIP-Brasil. Catalogação-na-fonte
Sindicato Nacional dos Editores de Livros, RJ.

M543x

Mesquita, Evandro, 1952-Xis-tudo
Evandro Mesquita. – Rio de Janeiro: Rocco, 2007.

Conteúdo parcial: Canja especial: João Ubaldo Ribeiro
ISBN 978-85-325-2242-9

1. Mesquita, Evandro, 1952- - Coletânea. I. Ribeiro,
João Ubaldo, 1940-. II. Título.

07-2778   CDD-869.98
                             CDU-821.134.3(81)-8

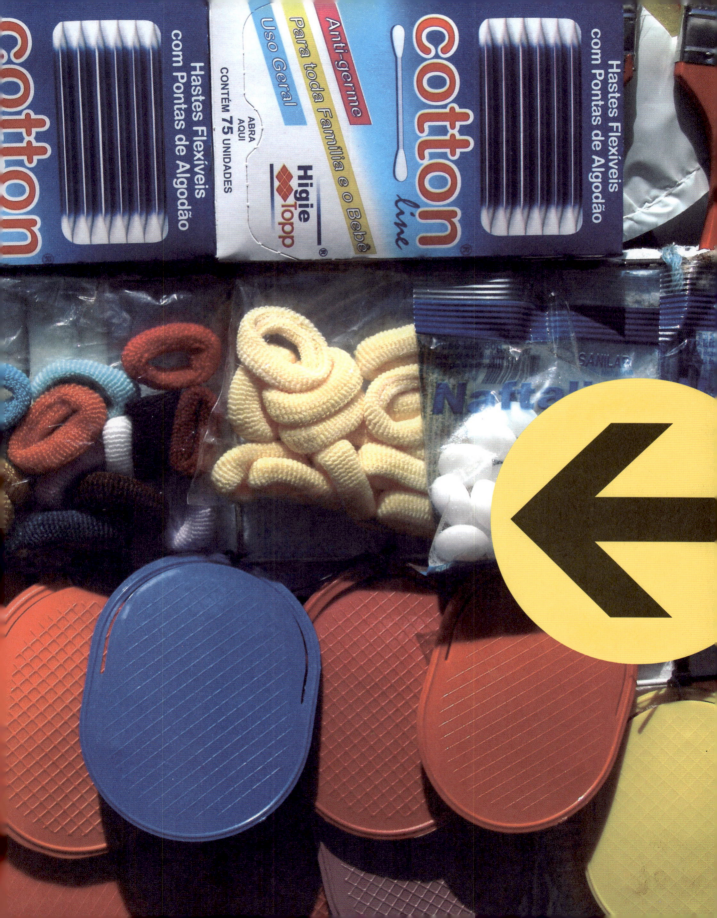

AGRADECIMENTOS

À MINHA IRMÃ CRISTIANA QUE CORRIGIU MINHAS LINHAS TORTAS.
À MARTA ZANETI QUE ME ABRIU ALGUMAS PORTAS INTERNAS.
ZIRALDO QUE SEMPRE DEU FORÇA PRA REFORÇAR O CALDO.
PAGUEI O MICO DE LIGAR PARA OS QUERIDOS AMIGOS E CONTEI COM SUAS ESTIMADAS CONTRIBUIÇÕES: ZIRALDO, IQUE, MIGUEL PAIVA, AROEIRA, CAVALCANTE, ANGELI, JOÃO UBALDO, FERNANDA TORRES, LAN, FEDOCA, RONALDO AZEN, LENORA, ERICK, GUSTAVO, ANDRÉA, BARRÃO, ZERBINE, BEL, MIGUEL PACHA, FLÁVIO, ISO, YAN, BETO, RÔMULO, ROBERTINHO, RESENDE, GUSTAVO, ROSALDO, OTÁVIO, PÉRICLES, STÉPHANIE, JUBA, TIANA, GALVÃO, MAURÍCIO, MILTON, ROYLER GRACIE, FLÁVIO CHAVES...
AGRADEÇO TAMBÉM AO FELIPE ANTUNES E AO LEONARDO VILLA-FORTE POR ME AJUDAREM A DAR CARA E CORPINHO DE DEZOITO AO MEU LIVRO.

LANCHES POPULAR

X-DUPLO — CARNE, OVO, PRESUNTO, BACON, QUEIJO, BATATA, MAIONESE, ALFACE. GRÁTIS REFRESCO 300ML — 3,00

X-TUDO — CARNE, OVO, BACON, QUEIJO, PRESUNTO, BATATA PALHA, MAIONESE, ALFACE. GRÁTIS REFRESCO 300ML — 2,50

X-FRANGO — OVO, QUEIJO, PRESUNTO, BATATA, ALFACE, MAIONESE. GRÁTIS REFRESCO 300ML — 2,00

X- CARNE, OVO, QUEIJO, PRESUNTO, BATATA, MAIONESE — 2,00

SUMÁRIO

Dedicatória
Agradecimentos
Introdução
Baseado na real [015]
Letras, poemas e sons [099]
Pequenas cenas para grandes atores [121]
Esportes e saúde dicas que não caducam [147]
Contos de fricção [158]
Canja especial: João Ubaldo Ribeiro [191]

Querido leitor, vou introduzir e prometo que não vai doer nada. Serei nem tão curto e nem tão grosso na busca pelo seu prazer em nossa relação durante as páginas que rolarão entre nós. Fiz tudo pra tornar sua viagem o mais agradável possível. Vou te contar: esvaziei a gaveta.

Estava com contos atravessados na garganta, desenhos encravados, poeminhas no céu da boca e "textículos" eclodindo em erupções cutâneas e subcutâneas.

Salvei alguns escritos do baú num garimpo em 2006, e a partir de então coisas novas brotaram no meu computador e alimentaram a idéia desse livro com fotos, desenhos, textos de diferentes tipos e formatos. Algumas histórias são maiores, outras caberiam na palma da mão.

Terei prazer em colocar pra fora aqui, na sua frente. Teclo isso porque abrir um livro é um ato forte de intimidade e cumplicidade. É como tirar a parte de cima da roupa de uma pessoa ou abrir a cabeça dela, inverter neurônios mudando um pouco a sua maneira de olhar o mundo. Alguns livros têm o poder de provocar sentimentos ocultos... Podem causar devaneios inesperados, hipnose induzida e delírios extremos.

Evite ler esse livro dirigindo.

Após essa carinhosa introdução, começamos nossa viagem com textos que têm um pé na realidade.

Depois um pequeno intervalo, sem anúncios, só com porções musicais e brincadeiras poéticas.

Em seguida, apresento as pequenas cenas que escrevi para grandes atores, atrizes e "arteiros".

Chega a hora de outro intervalo, recheado de utilidades públicas, com receitas, fatos, fotos e observações de grandes e sábios amigos.

Para completar... Ficção, porque ninguém é de ferro. Contos de fricção, para serem lidos assoviando e chupando manga.

Finalizando esse nosso primeiro encontro, compartilho um divertido bate-papo virtual com o mestre João Ubaldo, a quem sou eternamente grato pela grande honra dessa moral acadêmica. Mestre João me autorizou a abrir pra vocês!
Viva João Ubaldo brasileiro! Nosso Buda Ditoso do Leblon.
Para valorizar nossas preliminares, incluí desenhos, fatos e fotos nunca dantes navegados. Cresci no meio dos quadrinhos. Eles me deram pistas para entender como o mundo funcionava, alimentaram meus sonhos e me empurraram para as viagens dos primeiros livros.
Por aqui, pedi "canjas" a amigos e amigas que ajudaram a rechear minha empada, com azeitonas de alto valor nutritivo e baixo teor calórico. A todos que enchi o saco, minhas desculpas e meus sinceros agradecimentos. Me senti muito sozinho nesse processo e essa foi uma forma de tê-los por perto, aliviando o peso na "carcunda".

Esse é um livro livre, leve, para ser aberto em qualquer página.
Acolhedor como os sanduíches quentes das madrugadas frias.
Espero que seja bom pra você também!
É aconselhável deixá-lo juntinho ao peito, em mesinhas-de-cabeceiras ou em lugares arejados.
Mantenha ao alcance das crianças também.

XIS-TUDO
INTRODUÇÃO

BASEADO NA REAL

A PRIMEIRA VEZ QUE VI CRISTO... ELE DISSE UM PALAVRÃO

Acho que eu tinha uns oito ou dez anos. Junto com minhas irmãs, primos e primas, passava férias e feriados no sítio da Vó Maria, numa cidadezinha chamada Cinco Lagos. Lá, nossa imaginação rolava solta pelas matas, rios e cascatas. Qualquer bosque era a Floresta Amazônica. Aranhas gigantescas, besouros pré-históricos, entre outros insetos e pequenos animais quase extraterrenos. Sapos visitavam a luz da varanda todas as noites, chefiados pelo sapão Bonifácio, que de tão grande, não pulava, trocava passos. Pata ante pata, como um senhor gordo entrando numa churrascaria. De língua tão ágil quanto comprida, laçava os insetos com uma precisão de fazer inveja aos vaqueiros de Barretos. Perto do sítio ficava um armazém que não tinha quase nada, e andando pra lá de depois, até dar medo, chegávamos ao campo de futebol. Lindo, enorme e verdinho! Às vezes era ocupado por vacas e cavalos que pastavam solenes no meio de campo, na pequena e grande área. Cagavam e andavam para os nossos gritos e pedradas, respondendo apenas com abanadas de rabo. Lembro de um primo que ficou de pinto duro olhando pela primeira vez as tetas de uma vaca. Um peitão com vários bicos. Também foi motivo de comentários e gargalhadas o enorme saco do touro. Mais tarde entendemos que ele não subia nelas para brigar... Uma vez fomos proibidos de ir ao campo, pois havia sido ocupado por um acampamento de ciganos. Eles usavam botas, bigodes, cabelos longos e sempre ventava nas suas roupas coloridas. As filhas deles não penteavam os longos cabelos e tinham um brilho nos olhos que me fez brincar de cigano durante várias férias. Na outra manhã já não estavam mais lá. Deixaram marcas de pneu e fogueira na ponta direita e intermediária.

Nas férias do Natal, fomos estrear um "courinho G'18" e encontramos uma surpresa. "Olha lá, pousado no campo! É uma nave... é uma igreja... é a casa dos ciganos..." Não. Era o Circo Americano! Pareciam ciganos. Vimos, pelo buraco da lona, adultos dando cambalhotas que não conseguiríamos dar. O lugar era sombrio como uma igreja. Tinha um macaco preso pela cintura numa corrente e uma jaula com um leão magro, fedorento e com uns pêlos no pescoço onde tinha sido uma juba. De repente, uma barba embaixo de dois olhos grandes veio em nossa direção. Corremos sem respirar e sem olhar pra trás até o portão do sítio. E naquela noite fomos ao circo, de banho tomado e penteados, como toda a família. Não me lembro do leão no espetáculo, talvez estivesse disfarçado de cachorro, porque meu pai identificava todos os artistas: o porteiro era o malabarista, a mulher da bilheteria era a contorcionista e ajudava ao mágico que, para nossa surpresa, tirou moedas da orelha do meu primo. Depois

procuramos mais moedas e não achamos. Como era Natal, eles teatralizavam passagens da vida de Cristo, que era interpretado por um nordestino com os cabelos nos ombros, que também era o atirador de facas, só que sem o rabo-de-cavalo. Lembro do Pilatos lavando as mãos numa bacia com uns panos dourados enrolados na cintura. As cenas seguintes marcaram muito minha infância, pois eu vi Cristo carregando uma enorme cruz feita, para nossa surpresa, com as balizas do campo. Meu nome e do meu primo Max estavam escritos a canivete na cruz de Cristo, que era nosso gol. Ficamos putos com Cristo. Mas depois vimos que um cara de saia dava chicotadas nele, enquanto os apóstolos o seguiam. Achamos que Cristo era também o goleiro do time do circo e estivesse apanhando por ter tomado algum frango, sei lá. Ele foi levando chicotadas até subir num morro de lona que cobria uns caixotes, onde Cristo seria crucificado. O soldado de minissaia de couro amarrou as mãos e os pés do Cristo na cruz em cima dos caixotes. As pessoas ajoelharam embaixo, a Virgem Maria, que era a ajudante do mágico, chorava. Foi então que meu pai notou que a cruz não estava bem presa e balançava. Cristo, com as mãos amarradas, começou a ficar preocupado. Ele dizia: "Pai, por que me aban... Segura essa porra! Segura essa porra!" A cruz balançava perigosamente. Os apóstolos, Pilatos e a Virgem Maria saíram correndo para que a cruz não desabasse em cima deles e o pobre Cristo caiu de frente, de cara no chão, com as mãos e pés amarrados na cruz. Engraçado que Pilatos foi o primeiro a socorrê-lo, e ele não parecia tão amigo de Cristo no começo. Cristo, tonto e com o nariz sangrando, saiu carregado pelos apóstolos. Eu falei: "Pai, quando Cristo estava caindo, falou 'Caralho!'" Meu pai, às gargalhadas, disse que ele tinha falado "cavalos". Só que quando Cristo foi levado embora, eles repetiram o número dos cachorrinhos com a Virgem Maria de botas e maiô. Foi a única vez que eu vi Cristo pessoalmente. Vi que ele sangra e diz alguns palavrões. Depois disso, minha vó contou outras histórias sobre ele... E desde então, Cristo ilumina o circo do meu coração.

ROGERINHO & VIRGÍLIO

Rogerinho era o cara mais mulherengo e galinha do Rio! E ele nem era do Rio, era paulista. E se orgulhava disso. Não de ser paulista, mas sim de ser mulherengo e galinhão. Solteiro convicto. Vivia para a música e para as mulheres. E já estava na casa dos cinqüentinha. Diz ele que correu muito atrás de todas as gostosas do Rio e correu também de muito namorado das gostosas. Tinha poucos amigos homens... Com alguns ele era obrigado a falar, mas com mulher feia falava somente o indispensável. Na verdade, evitava ao máximo qualquer relação com mulher feia.

Não que Rogerinho fosse bonito. Pelo contrário, era um cara feio. Feio pra burro. A ponto de chegar de moto em algumas ocasiões e a mulher comentar:

— Você fica melhor de capacete.

Esse era o Rogerinho. Feio e implacável com as feias. Parafraseava Vinícius: "As muito feias que me desculpem... Mas que se fodam!" Arrematava sem pena, nem cerimônia. Tinha uma teoria sobre trubufus, jaburus, mocréias e afins. Dizia que trubufu tinha que ser tímida. Não havia nada pior do que trubufu desinibida, muito alegre e falante.

Outras vezes pedia conselho aos amigos:

— O que eu digo quando ela me diz: "Com essa cara nem pensar!"?

E dava uma gargalhada, mostrando fotos de deusas de biquíni posando na varanda da sua cobertura na Barra.

Ajudava bastante ter uma boa máquina fotográfica. Rogerinho exercitava sua criatividade com as gatas dizendo que trabalhava pra irmã, que tinha uma grande loja de marcas em Curitiba e que iria fazer um book pra loja etc. etc.

Com modelos daquele naipe, não tinha como errar. As fotos ficavam lindas. E algumas até pagavam para serem fotografadas por ele, para fazer o tal do composite ou book de modelo. Outras, ele pagava para fazer fotos com ele. E eram muitas. Eram tantas que chegou a incomodar a vizinhança... Ou as mulheres dos maridos da vizinhança. Educadamente, quase mandou a síndica tomar no rabo quando ela quis limitar a subida nos elevadores para, no máximo, três gatas por dia.

Colocava música bem alto para dar um clima nas fotos. Um som de despentear vizinho saía de suas caixas JBL, com falantes de 18, subwoofer, cinco ponto um e o cacete a quatro. O som fazia girar a peruca do advogado, morador do 302. Já o senhor do andar de cima, nunca mais teve prisão de ventre, graças às levadas de baixo e do suingue da black soul music de feras como Prince, The Tower Of Power, James Brown, Sly And The Family Stone, Otis Redding, Aretha Franklin, entre outros com esse naipe de cacetada sonora.

O pessoal da obra do edifício ao lado parava para assistir às sessões de foto. A peãozada toda boquiaberta diante do desconhecido. Silêncio e respeito. Rogerinho costumava usar a iluminação natural do pôr-do-sol no Recreio. O fundo das fotos, com motivos indianos, saía lindo. Eram cangas de praia presas com fita crepe na parede lateral. Mas, no meio... o recheio: uma princesa, de biquíni e top de oncinha, sorrindo pra todo mundo que via a foto.

Pela manhã, Rogerinho passava em todas as praias. Ao entardecer, vistoriava todas as academias e à noite ia a todos os points possíveis ao garimpo de mulher bonita. E não bastava ser bonitinha, nem bonita, tinha que ser muuuuito bonita, corpo, cabelo, uma bela bunda, peitos perfeitos... Com o tempo, e os milhões de dribles e foras recebidos, Rogerinho perdia cabelo e ganhava experiência. Ficava cada vez mais exigente.

Chegava no meio da galera da praia e provocava:

— Quero ver se acho minha cara-metade nesse final de semana. Onde você acha que eu procuro?

— No ferro-velho — alguém respondia.

Outras vezes, Rogerinho brincava com um fundo de verdade:

— Você acredita que há trinta e dois anos eu não entro numa livraria? — E dava uma gargalhada sacana.

Às vezes aterrissava na praia uma mulher do tipo madrinha de bateria. Dessas que de tão gostosas dão medo da gente perder a fala. Mas Rogerinho chegava com jeito, e em cinco minutos ela e ele já estavam às gargalhadas. Em dez minutos já tinha dado seu cartão ou anotado o celular da mulher... No dia seguinte, ela já estava em seu apê impressionada, de biquíni e top, vendo a qualidade das outras modelos e das fotos. Empinava o corpanzil para mais uma pose com elogios rasgados do fotógrafo Rogério Cavaliere Grael.

Grael passou a editar e sonorizar as fotos que fazia num programa do computador:

— Depois que passei a usar bunda larga no meu computador... minha vida mudou!

E explicava que o Grael era por parte de pai.

Rogerinho não é casado, não namora, não bebe, não se droga, não fuma... Seu negócio é mulher! Ele só falava sobre esse seu lado secreto com os amigos mais íntimos. Aí, como diria James Taylor, ele se regozija falando das novas descobertas.

— Valquíria, uma deusa de Vila Isabel! A Sheilinha, da Urca, tive que esperar o namorado dar um mergulho pra conseguir o telefone... Brunela, uma verdadeira miragem na praia em frente ao Country Clube... Quem tava comendo era um diretor da Globo que usava seu poder para foder. — Falava também de boca cheia de uma tal de Sílvia... — Há cinco anos que eu tento fisgar esse peixão! Só jogando isca e dando linha... Só dando linha pra cansar o peixe. Essa semana finalmente eu botei no barco!

Cada dia uma deusa diferente posava o rabo na cobertura dele para ser fotografado. Rogerinho não fazia nu. Os amigos ficavam putos e comentavam educadamente:

— Porra, faz nu... Queremos ver peitão, bunda livre e tudo mais!

— Não, nu não faço. Dá problema com pai, mãe, namorado. Eles ligam querendo negativos... Tenho que encarar cada fera, que você não acredita. É namorado lutador, advogado, mãe-de-santo, pai bicheiro, irmão juiz, marido policial... Não é mole, não! Para pequenos e intensos momentos de prazer há uma cota grande de sacrifício. Mas, no meu ofício, o orifício compensa!

Rogerinho tem um armário embutido entupido com produções de roupas femininas das melhores marcas. Bodies, biquínis, suéteres, casaquinhos, shortinhos, tops... Quem não conhece Rogerinho acha que ele é veado.

Se ele come 10% das mulheres que freqüentam seu apê, já é sensacional pra qualquer mortal normal.

Mas a felicidade tem seu preço. Rogerinho bancava várias! Para umas, pagava academia, celular, supermercado, até pequenas reformas na casa delas... Para outras, bancava peito de silicone, uma lipozinha corretiva aqui, outra ali... Dizia que estava investindo no seu próprio prazer. Pra umas e outras, dava até carro...

Quando elas escreviam dedicatórias nas fotos pra ele e diziam: "Para Rogerinho, meu amigo do peito", é que ele tinha pagado uma prótese de peito. Quando escreviam: "Você deu direção a minha vida", é porque tinham ganhado um carro.

Rogerinho não era rico, mas tinha uma situação boa garantida pela fábrica de colchões da família. Contam a pau pequeno, que a família dava uma mesada pra ele ficar longe dos negócios... E era assim que a banda tocava.

Um belo dia, Virgílio Manissero, dono de lojas de biquíni e amigo de Rogerinho, apareceu deprimido. Virgílio era um paquera profissional desde 1970. Agora, com cinquenta e muitos, não tinha a agilidade necessária para a prática do esporte de caçar mulher. Aproveitou a visita para se abrir com o amigo Rogério:

— Pois é, minha ex-mulher é foda, já me enfiou na décima sétima vara outra vez! É muita vara... E vara com areia, porque eu estou esgarçado com a pensão que ela me cobra e não é só isso, é blá blá blá, blá blá blá, blá blá blá!

O bicho tava tão triste que comoveu Rogerinho. Fato raríssimo. Rogerinho sacou sua cobiçadíssima agenda e apresentou o número da Andréa Lea.

Andréa Lea era uma morena fogosa, de um metro e oitenta de ação. E o Rogerinho confessou à boca pequena que Andréa Léa aceitava uma remuneração disfarçada de ajuda de custo e fez o contato com a nave-mãe. Por milzinho ela visitaria o Virgílio naquela mesma tarde. Virgílio ficou emocionado. Topou os milzinhos. Foda-se. Rogério aconselhou o amigo a tomar um produto, porque a morena era forte e vinha pra cima com fome de canibal.

Virgílio foi para casa correndo e, antes de tomar um banhão de espera, mandou pra dentro meio Cialis de trinta e seis horas e um Viagra de 120mg, pra não ter erro. Era disso que ele estava precisando. Serviu-se de um uísque com gelo e mergulhou na banheira com espuma do hotel da última viagem.

Banho tomado, deu uma geral básica na casa e na cama. Vestiu uma cueca vermelha. Tirou a cueca vermelha. Achou melhor estar pelado embaixo da bermuda, pra ela logo sentir a pressão. Colocou na geladeira uma garrafa de prosecco, umas taças de salada de frutas e iogurte para oferecer. Tudo certo. Suspirou pensando que estava merecendo uma noite dessa.

Colocou um som. "Sexual Healing" do Marvin Gaye, com Ben Harper & Innocent Criminals. Fechou um pouco a cortina e acendeu um abajur para dar um clima. Gostou. Sentou nervoso e ficou esperando o interfone tocar. O interfone tocou. Três e meia da tarde. Era ela. Ele esperou, no olho mágico, a porta do elevador abrir. A porta abriu. Era ela, a Bela da Tarde! Veio num vestido preto tipo "gostosa pra caralho". Ele deu um tempo observando e fingindo que não estava ali... E abriu a porta com o coração na mão, a outra mão no bolso e no pau. Apesar de toda experiência ele ainda ficava nervoso. Oi, oi... Vamos entrar. Enquanto abria o prosecco sentiu o saco dar uma repuxada estrebuchando e seu pau latejar. Sorriu confiante com o resultado do efeito dos remedinhos. Bem na hora. Na hora agá! Enquanto tirava a camisa, alegando calor, e exibia o volume no bermudão, falava dos contatos que tinha com o pessoal da *Playboy*, da *Sexy* e de revistas masculinas em geral. Dizia que ela tinha o perfil e a bunda que interessava aos caras... E que também era muito amigo de diretores das novelas das seis, das sete e das oito. Se ela quisesse, ele a colocaria como protagonista de novela ou minissérie. Virgílio seguia os conselhos de Rogerinho, seu guru. Dizia tudo que ela queria ouvir.

Andréa Léa, diante de tais promessas, já estava de peito de fora e balançava-os indo só de calcinha ver a vista da janela com Virgilinho grudado atrás.

Quando ele tirou o bermudão, ela falou: — Aceito uma salada de frutas. Virgílio foi rápido, pelado, pegar a salada de frutas na cozinha e quase bate a porta da geladeira com o pau dentro. Ele volta com uma taça em cada mão e com dois guardanapos pendurados no pau, só pra se exibir. De repente, do nada, toca uma música tecnohouse que chega a assustar Virgílio, quase derrubando as saladas. Que porra é essa?! Era a porra do celular da Andréa Léa, que só parou quando ela disse:

— Alô?!

Puta que o pariu, por que eu mandei ela atender?! — lamentou Virgilinho. Ela atendeu. Sabe o que ela falou tapando a boca do celular?

— Desculpe, amor... É que pintou um trabalho de dois mil. Eu tenho que correr atrás...

— Como assim?! Atrás de quem?! Virgílio se arrepiou. — Não, peraí!... Você tem um trabalho comigo de mil — disse Virgílio, contando o ocorrido pro Rogerinho. E ela disse:

— Eu sei, amor... É que eu estou precisando dessa grana... A menos que você cubra a oferta!

— E você cobriu? — quis saber Rogerinho.

— Cobri ela de porrada. Dei-lhe um tapão de pau duro. Ela desceu o elevador vestindo a roupa e me xingando de tudo. Quarenta minutos depois toca o interfone de novo. Era ela. Ela e uma delegada. Fui acompanhado por duas policiais pra Delegacia de Mulheres. Lá, meio constrangido, contei toda a sacanagem antes da sacanagem. Prestei depoimento e paguei fiança de dois mil reais. De pau duro, você acredita? A sorte foi que antes de sair de casa pra delegacia, eu tinha amarrado um suéter na cintura, pra disfarçar o volume da "jarda". Acho que chamava mais a atenção porque o dia estava quente pra caralho. Na saída da delegacia, a delegada disse que tinha meu endereço e que, se tivesse alguma dúvida, apareceria pra esclarecê-la comigo. Concordei. Dez horas da noite toca o interfone. Era ela.

— Andréa Léa?!

— Não. A delegada!

— Você tá brincando?! O que ela fez?!

— Umas perguntas de praxe. Eu respondia e observava. Ela elogiou a decoração. Eu tenso e sacando. Quis ver umas fotos de modelos. Tirou o casaco. Olhou o computador, logo no primeiro e-mail. Era um de sacanagem que você me mandou... Foi foda. A delegada abriu a porta do computador e tava lá: uma loura sentada num croquete. Pegou mal... Maior bucetão fincado numa vara, ali, na cara da delegada. Apaguei rápido, me desculpando. Disse que era de um sobrinho desgraçado. Ela sorriu enigmática, fingindo que acreditava. Pensei: "Me fodi". Ela saiu do escritório e entrou no quarto. Pensei: "Porra, delegada pode tudo?" Continuou até a minha cama, deu uma olhada nas minhas roupas, enfiou as mãos nos bolsos... E eu só sacando. Ela deu mais uma olhada no armarinho do banheiro e quis saber sobre o efeito do remédio. Mostrei. E não é que eu acabei comendo a delegada, rapaz?!

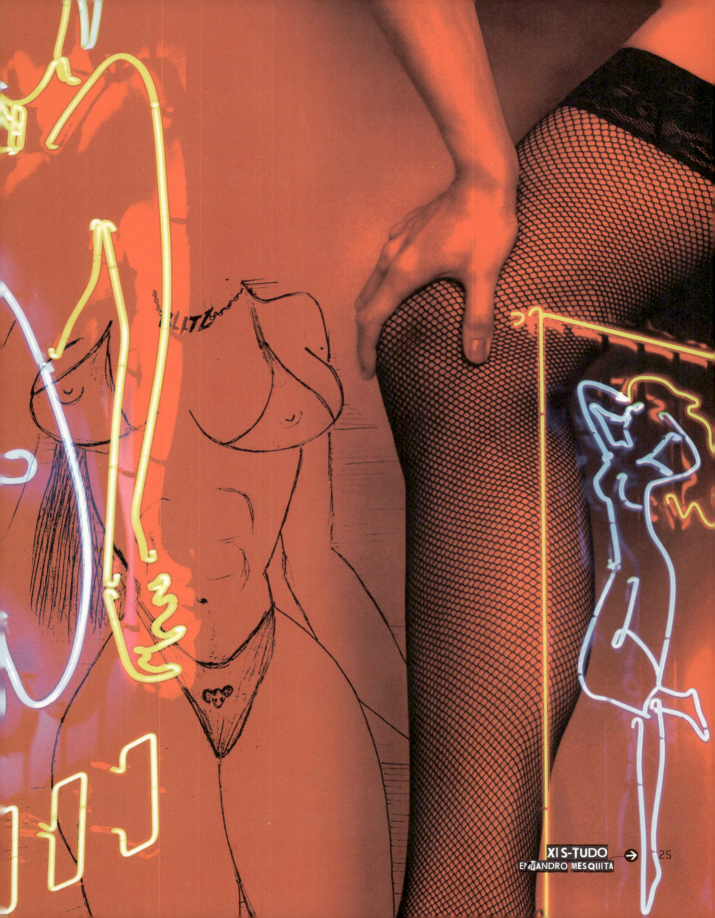

BOB MARLEY, EU E PAULO SUPRIMENTO

Os anos setenta foram anos de entradas e bandeiras. Época de riscar o mapa e arriscar os primeiros vôos e mergulhos profundos no planeta. Tentar a sorte. Apostar na arte sem medo da morte. Dar forma aos sonhos na intuição. Fazer o caminho direito, mesmo na contramão. Começar de baixo. Underground. O teatro foi o primeiro canal.

No curso do Sérgio Britto, conheci Regina Casé, Hamilton Vaz Pereira e Nina de Pádua que, mais tarde, eu encontraria de novo no grupo de teatro Asdrúbal Trouxe o Trombone. Do curso do Sérgio fui pinçado por Klaus, o Vianna, que me apresentou ao Rubens Corrêa e ao Ivan de Albuquerque. Fiz *Hoje É Dia De Rock*, do Zé Vicente, e *A China é Azul*, do Zé Wilker. Depois encarei um musical louco chamado *Tropix*, com uma diretora americana, Mossa Ossa. No elenco hilário: Angela Ro Ro, Paulo César Pereio, Nelson Xavier, Zaira Zambelli, José Paulo Pessoa, Pedro Saad e mais outros atores, doze músicos e dois capoeiristas. Uma puta produção no Teatro Carlos Gomes. Era engraçado e bem legal... Pena que às vezes tinha mais gente no palco que na platéia. Depois a vida seguiu e fui morar em Saquarema. Foi lá que eu ouvi, pela primeira fez, em volta da fogueira, o Luie cantando e tocando "No Woman No Cry", do Bob Marley. Fiquei fascinado. Que levada maneira! Que poesia crua na veia! Aliás, os dois Bobs, o Dylan e o Marley, estavam no cardápio de toda fogueira em Saqua.

E essa era a trilha sonora de todo dia! Parecia um xote, alguma coisa do Nordeste, um suingue familiar. Como o som de vento nos coqueiros, pontos de candomblé, afoxé, sol, praia... Essa era a onda que rolava e atropelava um momento dark, sem cor, vida e esperança.

Depois de Saquarema entrei para a faculdade, que tranquei no terceiro período pra ensaiar pesado com o Asdrúbal Trouxe o Trombone, a nossa criação coletiva, *Trate-Me Leão*. Nove meses de ensaio. O tempo de fazer uma criança. Ensaios de seis, oito, dez e doze horas diárias. Duros. Depois do terceiro mês de ensaio, já estávamos em ritmo de estréia! E era imprescindível a presença de todos. Éramos disciplinados quanto a horários e presença. O sacrifício e a transpiração fazem parte da arte. Todos de corpo e alma pelo prazer de descobrir uma maneira nova, com personalidade própria, de fazer teatro. Desconstruindo e adaptando teorias importadas. Atuando e escrevendo com nervos da nossa geração. O teatro e a vida embaralhavam as pernas. Mais saltos, vôos e alguns tombos.

Durante esses meses, teve uma semana em que cada um de nós era responsável pelo ensaio e no meu dia apresentei para o Asdrúbal o som do reggae e Bob Marley. No final de um exercício que batizei de "A Casa Do Karma", coloquei o som e mostrei as letras, fatos e fotos da fera de dreadlocks e de religião Rasta.

Uma época boa também de ótimas e refinadas peladas. Enquanto tive joelho, jogava muito e jogava bem. Nessa época as peladas eram bem servidas de feras como Ney Conceição, Afonsinho, Geraldo Assobiador, Pintinho, Paulo César Lima, Humberto do Botafogo, Júnior, Serginho da Portuguesa, Maurício Camelo, também da Portuguesa, os irmãos Fernandinho, Marcelo, Dadica e Joninha, Magal, Batata, entre outros craques peladeiros.

E foi pra contar o que vou teclar agora, que teclei tudo isso antes... O dia em que o teatro, a música e o futebol me jogaram na parede.

Acho que já rolava o ano de 78 ou 79... Neblina nas datas. Já estávamos viajando com a outra peça, *Aquela Coisa Toda*. Lembro que estava na praia com a Regina Casé e a Patrícia Travassos, fazendo hora pra mandar um suco pra dentro, morder alguma coisa e voar pro ensaio. E era um ensaio importante porque faríamos uma apresentação especial da peça no Morro da Urca. Teatro pra umas duas mil pessoas e sem microfone. Era "A noite do Chacal". Nosso querido poeta Chacal, que se recuperava de um sério acidente em São Paulo. E tínhamos que adaptar a peça para o novo espaço.

Aquele dia foi covardia... Porque eu e as meninas estávamos saindo da praia quando cruzamos com o Paulo César Lima, o PC, craque do futebol brasileiro, meu amigo e parceiro de pelada. Foi ele que me deu o toque:

— O Bob Marley tá lá na casa do Chico Buarque e quer jogar uma pelada com a gente. Bora lá? Eu tô de carro aí...

Meus olhos faiscaram nos óculos do PC. Meu coração deu uma parada e pulou pro céu da minha boca. Regina e Patrícia ficaram amarelas, nas delas... Elas sabiam da minha paixão pelo Bob, por peladas e do prazer de jogar com feras como PC.

Meu Deus! Agora eu ali em pé, na Vieira Souto, como um pingüim perdido...

De um lado PC entrando no carro e me chamando pra ir jogar com nada mais nada menos que Bob Marley And The Wailers! Do outro lado da rua, na sombra, Regina e Patrícia me olhavam com certa pena e balbuciavam alguns conselhos:

— Vai... Ué... Vai foder tudo... Mas tudo bem... Fazer o quê?

PC gritava coisas do tipo:

— Brincadeira, hein?! Chega dessa porra de ensaio! Vamos jogar só uma peladinha e você ensaia amanhã! Porra, é o Bob Marley, caralho!

Avacalhou com nosso ensaio e com a responsabilidade.

— Porra, sacanagem! Não, Paulo, não vai dar. Eu tenho... que ensaiar!

Olhei pras meninas procurando salvação, mas elas já tinham atravessado a rua até o lindo Fusca conversível da Patrícia. Eu fiquei sozinho no asfalto quente, desesperado, vendo o carro do PC acelerar em direção ao sol que descia em cima do campo do Chico Buarque no Recreio.

PC passou buzinando e ainda ouvi:

— É brincadeira, hein?! Perdeu a pelada, ô Mané!

— Fodeu! — eu falei pra mim mesmo. Patrícia ligou o Fusca. Não vou conseguir ensaiar com a cabeça lá em Jah! — Ela ligou o pisca-pisca da direita e reforçou colocando o braço, como quem diz: "Estamos indo mesmo, hein?!" Regina ajeitava um chapéu de palha no espelho do carona para não me olhar e nem influenciar minha decisão. Patrícia arrancou e gritou:

— Vai jogar!

Vou jogar! Hoje vou jogar, e com Bob e PC. Vou me dar folga. À noite farei um "teatro jazz". Conhecia cada um dos colegas pelo avesso e a peça que estávamos fazendo também. No problem!

Eu vou! Porra, claro que eu vou! Vai me inspirar... Eu vou. Já imaginava depois da pelada, Bob Marley e Chico Buarque levando um sonzinho. Mas, de repente, caí na real. Como que eu vou?! O PC já foi... Dancei! Eu não tenho carro e o campo do Chico é no Recreio! E agora? Perdi o ensaio e a pelada! Porra, e que pelada! Ser chamado pelo PC pra jogar com Bob Marley, no campo do Chico Buarque. Era como ser convocado para a Seleção! Emoção pra Roberto Carlos nenhum botar defeito.

Agora a questão era: como ir?!

Mas o universo resolveu me dar mais uma chance e me botou de novo na cara do gol... Jah me mandou uma luz em forma de Kombi! Eis que chega, pra estacionar na vaga do Fusca da Patrícia, o Paulo Suprimento. Sozinho naquela Kombi enorme, quase creme, malhada de ferrugem. Chegou explodindo e anunciando a salvação. Achei que Jah podia ter caprichado mais na condução... Mas, era o que tínhamos! E o enviado salvador era o Paulo Suprimento, um negão magro, elegante e bonito. Conheci a figura no sítio dos Novos Baianos, com o também baiano Beto Sem Destino. No sítio dos baianos, Paulo Suprimento supria e salvava a galera com sua presença bem servida em eventos especiais como os ensaios no galinheiro, as peixadas e as peladas.

Mas, foi aí que eu segurei o Suprimento, não deixei nem ele descer da Kombi. Contei toda a história do Marley, do Chico, do PC e não deu outra, pulei na Kombi e fomos metendo bronca até o Recreio.

A Kombi ia na pressão alta, aos trancos, e às vezes dava umas desmaiadinhas querendo morrer. Sei que, depois de queimar duas velas, chegamos dando aqueles estouros de silencioso esporrento. A pelada já rolava solta. Era inauguração da Ariola, uma gravadora, e sua diretoria bebia cerveja comportada em volta do campo. O time do Chico cheio de Toquinho e uns pregos. Do outro lado com camisas azuis, parecidas com as do Cruzeiro, Bob Marley, PC and friends jamaicanos.

Eu já tava feliz de ver o Bob correndo, tentando tabelas com o PC e chamando-o de Paolo.

— Que maneiro ver o cara na nossa frente! — falou Suprimento, com um sorriso igual ao meu.

Cheguei até aqui... Agora tenho que conseguir uma vaguinha, nem que seja no time do Chico, contra Bob Marley e PC! Os jamaicanos eram meio duros, mas jogavam com a alegria de estar no time do PC, fera da Seleção Brasileira, na terra do futebol que eles tanto curtiam. E eu, fissurado, do lado de fora! Naquela época, ali, eu só conhecia o PC... E não dava pra pedir a vaga dele. Até o Bob ia ficar puto comigo. Bola pra lá, bola pra cá e numa disputa Alceu chutou o Toquinho e a bola escapuliu pela lateral, perto de nós. Fui ao Valença e falei sem cerimônia:

— Aí, Alceu... Agora deixa eu?

— Iiih!

— Me deixa jogar esse finalzinho, por favor?

— Eu sabia que ia ouvir isso! Esse era meu medo.

Disse Alceu, sem me olhar, e saiu correndo balançando o cabelo e cagando pro meu pedido. Fiquei fodido. E foi aí que o juiz apitou o final, acabando de vez com a minha esperança...

Bob abraçou o Paulo, que me apontou pra me apresentar. Bob tava com a bola... Pedi... Ele rolou pra mim, eu levantei, fiz uma firula e devolvi pra ele, que gritou:

— Yeah, man! — E me abraçou sorrindo com todos os dentes de Marley pra fora!

Arrisquei, meio tarzan:

— Nice to meet you, man! I love your music!

Paulo Suprimento chegou junto e cumprimentou o Bob Marley com um aperto de mão e, pra surpresa minha e do Bob, quando soltou, deixou um baseado na mão do Marley e falou:

— É da Mangueira!

— Uau, man! Thanks! Jah love!

Paulo surpreendeu mais ainda quando riscou um isqueiro:

— Taca fogo!

— *Jah Rastafire*!

Eu, Bob Marley e Paulo Suprimento, naquele canto do corner. Inacreditável! Pensei nos meus amigos. Queria chamar o Bob pra ver a minha peça, pra ir à praia, pra viajar, levar um som, apresentar à rapaziada. Positive Vibration. Yeah! Yeah! Mas Rastaman não passa bola, cada um com a sua bola! Até que Suprimento salvou de novo e fizemos uma paulista. O mais engraçado é que o Paulo Suprimento desandou a falar em português cheio de gírias com o Bob Marley. Como se ele estivesse entendendo tudo! Eu até tentava traduzir alguma coisa, mas desisti, porque no fim achei que o Bob... estava entendendo tudo! Entre uma bola e outra, ele sorria e dizia:

— Yeah, man!

O tempo parou naquele pôr-do-sol, no sorriso, nos cabelos e na voz de Bob Marley. Eu fiquei assim meio besteirão até ser acordado pelos estrondos da Kombi do Suprimento que foi, também sorrindo, pra Jacarepaguá...

Voltei do Recreio com o PC!

BOB NÉ BOBO NÃO
MARLEY E DYLAN
DESFILAM NO MEU CORAÇÃO

MOSQUITOS, CARRAPICHOS E UM CARRAPATO NO ENTERRO DO GATO

Eram umas cinco horas da tarde quando atendi ao telefone e não entendi nada.
— Alô?
— Bi... ly... Hum... Snif... Meu... Ato mon morreuuu.
— Alô, quem tá falando?

Eu só tinha entendido meu nome e alguma coisa parecida com "morreu"... Fiquei preocupado, porque alguém do outro lado da linha estava me procurando naquela hora?
— Calma, porra! Respira! Eu não estou entendendo nada! Quem é você e quem morreu?
— Pedro.
— Pedro morreu?!
— Não, porra, Pedro sou eu!
— Porra, Pedro, o que aconteceu? Quem morreu?!
— Drummond.
— Faz um tempo que o Drummond...
— Não, o Carlos. Drummond meu gato... Há dezessete anos... Porra.
— Aquele gato cinza de olho amarelo? Pô, morreu, é? Como, cara?
— Acho que foi enfarte...
— Não sabia que gato tinha enfarte. Sei que o gato do João Gilberto se suicidou pulando do oitavo andar porque tava ouvindo a mesma música há treze dias, mas...
— Dane-se o gato do João, porra, tô falando é do Drummond.
— Desculpe, Pedro.
— Ele morreu de olho aberto e continua olhando pra mim... Fiz massagem, dei choque com o fio do abajur... Só não fiz boca a boca. Ele continua com os olhos amarelos, olhando pra mim, de outra dimensão... Snif... Porra, Billy, me dá uma força.
— Cara, morreu... Morreu, né? Meus pêsames. Fazer o quê?
— Enterrar.
— É... Enterra.
— Por aqui não dá.
— Crema! Crema ele na lixeira do prédio.
— Nem fodendo! Meu gato na lixeira?! Jamais!
— Pedro, eu acho que eles não vão deixar enterrar em cemitério de gente não, cara.
— É...
— ...

— Vou enterrar no meu sítio lá em Secretário.
— Boa, enterra na mata. Na natureza, né?
— É que eu tô sem condições de dirigir. Vai comigo?
— Pô...
— Ainda mais eu e o Drummond no carro. Me dá essa força, Billy?
— Porra...
— Fica a uma hora e meia daqui...
— Poorra!
— Tu... tudo... Snif... bem... Brigado...
— Enterra na praia que é mais fácil.
— Tá maluco?! Enterrar um gato na praia, porra!
— Tá bom! Tá legal! Vamos lá... Mete ele num saco que é pra ele não ficar olhando pra gente a viagem toda.
— Saco, não... Vou meter ele na samsonite e passo por aí pra te pegar.

Dez minutos depois, Pedro buzinava embaixo do meu prédio.
Lá fomos nós. Eu, Pedro e o gato morto na samsonite no banco de trás. Pedro ainda insistiu, mas eu não quis ver. Na saída da cidade, uma blitz. Era só o que me faltava, pensei. O guarda com uma lanterna fez sinal pra gente encostar. Pediu documentos e quis abrir a samsonite. O guarda jogou a lanterna na cara do Drummond e não acreditou quando a lanterna focou os olhos amarelos do gato. Achou estranhíssimo quando o Pedro começou a chorar alto dizendo que era um companheiro há dezessete anos. Liberou.

Já era noite fechada quando pegamos mais vinte minutos de estrada de terra até a venda perto do portão do sítio do Pedro. A mulher da venda conhecia o Pedro, mas não conhecia o gato e quis ver. Viu e também emprestou uma pá para cavarmos a cova do Drummond. Quase um ano que Pedro não aparecia por lá. Paramos o carro e seguimos por uma picada quase fechada pelo mato, tanto que nem deu pra ver a casa do sítio do Pedro.

— Vamos enterrar ele lá embaixo, perto do riacho...
— Tá legal, Pedro. Mas agora leva você a samsonite e me dá a lanterna e a pá que eu começo cavando.

Pedro indicou um lugar entre uma mangueira antiga e o riacho. Meti a pá com vontade querendo acabar logo e sepultar essa história pra chegar a tempo de ver o segundo tempo de Botafogo e Corinthians na TV. Quando dei a primeira porrada, a porra da pá entrou apenas um dedo na terra e chacoalhou meu braço e meu ombro como nos desenhos animados. Eu vi que a roubada estava apenas começando. E sob a luz da lanterna do Pedro dei a segunda, a terceira, empurrei com o pé, fiz uma seqüência rápida de cavadas, dei de quina e acabei derrotado em cinco minutos, suado e com as mãos vermelhas. Parecia que tinha uma malha de raízes impenetrável. Sentei e pedi pra ficar com a lanterna. Mosquito pra cacete, frio pra caralho! Pedro ainda dava uns soluços e "pazadas" no chão. Depois de quarenta minutos a luz da lanterna já estava amarelinha e nós tínhamos conseguido fazer um buraco que não daria pra enterrar nem a ponta da pata do Drummond. Tínhamos conseguido cavar uns dez centímetros só. Nós dois exaustos, sentados na raiz da mangueira, olhávamos desanimados a mala e o buraco ridículo que fizemos.

— Vamos tirar ele da mala e colocar umas pedras em cima...

— Não! Nem pensar! Pedra em cima e sem a mala é sacanagem.

— Mas Pedro... Nem que a gente fique um mês cavando a gente vai conseguir enterrar essa mala!

— Fica aqui que eu vou procurar ajuda.

— Eu não vou ficar sozinho aqui no escuro com o teu gato morto. Vou contigo.

E fomos já sem lanterna atrás de uma luzinha que vinha de uma casa de caboclo do outro lado da estrada. Batemos palma e uma mulher foi chamar o tal do Julio Chaga, um capiau de uns sessenta e poucos anos que fazia fretes de caminhão. Chaga chegou com cara de sono, mas foi prestativo mediante uma pequena verba desembolsada pelo Pedro. Julio ouviu a história triste dos dezessete anos do gato do Pedro, pegou fôlego e uma picareta, e fomos até o local do enterro com uma vela acesa dentro de uma panela de alumínio que dava uma luz melhor que a nossa lanterna. Julio Chaga enfiou a picareta no chão e depois de dez minutos já tínhamos um buraco simpático. Julio dá uma parada e de dentro do buraco pergunta:

— Vocês têm certeza que vão enterrar o gato com a mala?

Pra minha decepção, Pedro insistiu que o gato deveria ser enterrado com a samsonite. Eu e Julio Chaga achamos desperdício. Uma mala daquela, nova ainda, ser enterrada com um gato morto dentro... Pedro não deu nem papo e Julio enfiou o cacete na picareta com uma eficiência, que fez com que eu e o Pedro nos sentíssemos dois merdas da cidade.

— Mas também com picareta é mais fácil – sussurrei para o Pedro pro Julio não ouvir, enquanto me sentava para observar o velho metendo a picareta sob a luz da panela com vela que o Pedro segurava.

Vinte minutos e a cova já estava larga e funda o suficiente para enterrar qualquer um de nós. A vela também já tinha derretido toda quando uma chuva fina começou a cair só pra sacanear ainda mais a gente. E foi no breu que a samsonite desceu e foi coberta com terra, galhos e umas flores maria-sem-vergonha que o Pedro jogou na hora da Ave Maria. Agradecemos ao Julio Chaga, nosso herói. Sem ele acho que estaríamos até hoje tentando afundar o buraco e cortando as teias de raízes infinitas com a pá cega e sem faca amolada.

Voltamos para o carro e na viagem de volta falamos muito pouco.

Pedro me agradeceu com um aperto de mão forte, como dizendo que me devia essa.

Entrei em casa às três e meia da madruga, cansado, arranhado, com carrapichos na calça, mordidas de mosquito no pescoço, na testa, e um carrapato no saco. Liguei a TV. O jogo já tinha acabado. Dormi com *Jeane é um gênio* e acordei fora do ar.

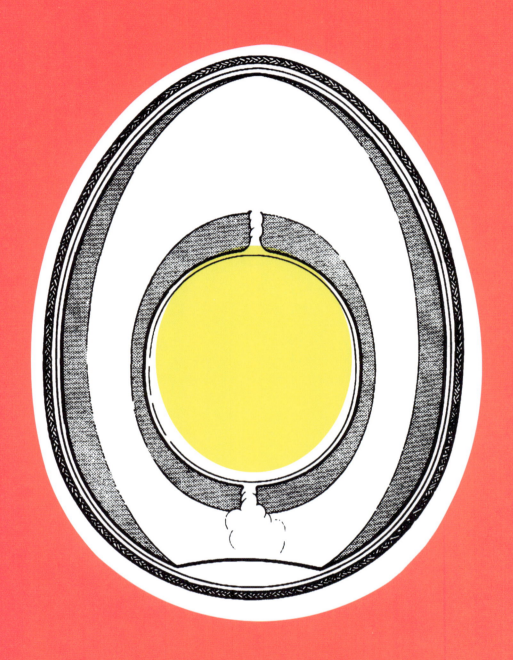

SITIADO

Um sítio talvez fosse a solução.

Zeca Mendonça declarou que pensava nisso com freqüência. Já não acompanhava o ritmo da cidade. Queria paz e queria mais... Um sitiozinho longe do asfalto. Zeca tinha juntado uma grana. Ninguém sabia como e nem quanto. Sabia-se que Zeca viajava muito. E que quando voltava dava churrascos no varandão da sua cobertura do Humaitá. Zeca casou cedo. Foi o primeiro namorado da Rosângela. Os dois filhos de Zeca, um garoto de doze, Rubinho, e uma menina, Carolina, de dez. Ele estava com quarenta e cinco. Já ia para o segundo tempo.

Depois que parou com as viagens, pra não ficar parado, foi trabalhar na loja de material de construção do sogro. Zeca não gostava da loja nem do sogro. Sentia-se diminuído ali atrás do balcão. O negócio não era seu. Ficava despachando e conferindo a mercadoria que entrava e que saía da loja. Cinco milheiros de tijolos, duzentos canos, tantos quilos de prego, não sei quantos sacos de cimento. Zeca tava com o saco cheio. Era muita responsabilidade pra pouca grana. Aquela era a hora. Chega da correria, do estresse e da violência da cidade.

Depois do almoço na loja, descansava vinte minutos e deitava na saudade de domingos mais calmos como os de antigamente. Tudo era possível, nada proibido ou perigoso. Saudades de um Rio que ria.

Um sítio talvez fosse a saída. Pegar a família, o carro, a estrada e seguir a vida. Jogar a mobília numa Kombi de frete. Duas viagens. Zeca estava indo pro campo e não era o de futebol. Soltar as amarras, mudar de rumo. Ia ficar mais sozinho. Também não tinha mais joelho pra pelada, tempo pra jogar conversa fora e nem saco pra shopping, cinema ou teatro. Zeca sentia que tava ficando azedo...

Um sítio talvez fosse a salvação. Uma luz no final do sítio. Vai valer a pena! Pensou em frangos. Criar galinhas ou talvez uma coisa maior. Avestruz, por exemplo. Dizem que se aproveita tudo do avestruz. Uma mudança radical. Sair dessa zona urbana pra zona rural. Matricular as crianças na escola pública. A mulher cuida da casa, ele e um caseiro tocam a granja. Galinhas poedeiras, frangotes pra corte, lingotes de ouro. Grana fácil e rápida. Transformar milho em real. Uma vendinha com ovos! Ele já tinha até o nome: "A galinha dos ovos de ouro." Venderia ovos e derivados. Ovos em profusão. Cardápio internacional. Scrumble eggs, ovos pochê, omeletes, fios d´ovos, ovos fritos, cozidos, coloridos, de páscoa, estalados, estrelados... Ovos a dar com o pau. Uma cartada de mestre ou um tiro no escuro?

Um sítio talvez fosse a iluminação. Luzes para todos! Por que não?

Era duro ficar velho na cidade. Todo dia escorria no seu ouvido que não sei quem foi assaltado quase na portaria. O primo de um amigo foi achado com uma bala perdida no peito. Roubaram o carro da vizinha de baixo, em cima do viaduto. O cunhado de Zeca foi assaltado pela polícia num Fiat vermelho na linha amarela. Deus nos proteja da polícia e dos bandidos! Estava desiludido, não confiava em mais ninguém.

Tinha votado no PT a vida toda. Estava sem esperança.

— Bando de safados! — Zeca gritava. Morria de raiva de político. Espumava no horário eleitoral gratuito. Respeitava uns três. O resto ele queria meter o carro em cima e que se foda!

Agora era a hora!

Um sítio talvez fosse a redenção. No mato e com cachorro. Dois rottweilers, e compraria também uma boa arma pra proteger a área. Teria munição para uma vida nova com a mulher e os filhos. A mulher e as crianças iriam entender. Era uma decisão do cacique da tribo dos Mendonça. Um salto... Um salto sem rede de proteção para uma vida melhor. Lá, a mulher e as crianças fariam novas amizades. Rosângela só não entendeu por quê, além da pistola, ele comprou uma espingarda doze. E ele respondeu que já dissera mais de mil vezes que a pistola e a espingarda eram só por questão de segurança, que ele também era contra armas e essa era uma das razões deles estarem saindo da cidade. Rosana insistia perguntando como ele queria paz armado pra guerra!

Ele dizia que pessoas pacíficas, como ele, deviam se armar até os dentes contra a violência.

Antes de comprar o sítio, Zeca comprou duas galinhas vivas na feira e empuleirou-as no quarto da empregada, já que não tinham empregada. As crianças amaram, Rosana odiou. As crianças batizaram logo as galinhas: Adriana e Shelda.

Numa noite fria, Rosana quase teve uma crise de nervos quando as crianças levaram Adriana e Shelda pra dormirem na cama com elas. Titica pra que te quero. O quarto acordou mais sujo que pau de galinheiro. Rosana baixou lei marcial. Se Shelda ou Adriana passassem da porta da cozinha pra dentro, ela serviria canja no jantar. Criar galinha no Humaitá, era de matar! Zeca disse que era um treino para desmistificar a questão do ovo e da galinha.

— Não tem mistério. É só dar um pouquinho de milho e carinho que, já, já, teremos ovos diretamente da área, passando pela cozinha, até a mesa de jantar. Tão bom quanto comer fruta no pé!

Valia o sacrifício de umas cacarejadas a mais e se os vizinhos reclamassem, ele faria um tratamento acústico no quartinho forrando as paredes com caixas de ovos.

Zeca vigiava ansioso o ninho no caixote pra ver se as penosas já tinham começado o trabalho da granja... E nada além de merda saía do cu das galináceas. Enquanto limpava os jornais de titica, ele dizia que elas estavam estressadas com a vida de galinha na cidade e, por isso, ainda não tinham botado ovo nenhum. Ele iria tentar musicoterapia. Colocou o paraibão das crianças no volume médio com Enya, Mozart e Pink Floyd.

A mulher dizia que ele nem sabia de onde saía o ovo, que o buraco era mais embaixo, e não era cu e sim cloaca. Zeca respondia que no campo teria tempo pra estudar as penosas e que até comprou o livro: *Meu primeiro galinheiro*. A música também ajudava a abafar as cacarejadas pra não incomodar ainda mais os vizinhos. Zeca curtia quando Shelda solava no meio de uma Enya. Ou uma cacarejada mais viajandona da Adriana num Pink Floyd. Zeca já estava reconhecendo o cacarejo de cada uma delas. Nas cacarejadas ao som de Mozart, ele se derretia, cheio de orgulho, com suas galinhas líricas e quase chorava. Ficava de orelha em pé, atento a qualquer desafinada anunciando um ovo ou um pinto de fora. Zeca chegou ao cúmulo de dar milho semimastigado pra não estressar as galinhas. Fazia de tudo, e as galinhas... Nada. E se não nada... afunda. Afunda a firma.

Até que um dia a mulher e a sogra, de sacanagem, pegaram um ovo na geladeira, sujaram com barrinho do vaso de begônias, pra parecer ovo recém-saído de cu, digo, cloaca de galinha, e o colocaram camuflado num caixote do quarto-galinheiro. Papo vai e papo foi. Ouviram o berro de Zeca descobrindo o ovo e chamando as crianças. Segundos depois ele aparece na sala todo estufado com o troféu na mão, seguido pelas crianças:

— Ó, vocês não vão acreditar, as galinhas começaram...

Gargalhada geral! Zeca foi reparando aos poucos que o ovo tava gelado, e que cloaca de galinha devia ser quente. Ele caiu em si, em dó, em ré e em mi. As crianças, decepcionadas, foram para o quarto chorando. Zeca ficou puto. Putão com a brincadeira. Porra, como que a Rosângela e a cachorra da sogra podiam brincar com o futuro deles? E ainda mais na frente das crianças!

Zeca se trancou no quartinho com as galinhas e nessa noite dormiu lá.

No dia seguinte, Zeca foi à luta e apareceu com uma foto num cartão de São João das Dores, onde se lia:

"Vende-se casa simples com riacho de água quase limpa. Com uma nascente. Bananeiras e um pequeno bosque de eucaliptos ao fundo. Dois pés de pêra dura, um pé de lima-da-pérsia, um pé de caqui dando e outro pronto pra dar."

Era mais do que ele sonhava. E o preço também... Era o preço do sacrifício pra sair dali. Longe da violência da cidade, dos problemas e dos finais de semana com a sogra e o sogro. E foi apertando daqui e dali, até que "deu pra fechar o negócio".

Em seu depoimento, Zeca disse que na semana seguinte já estava acampado no sítio, com a mulher, as crianças, os rotweillers e as duas galinhas. Os cachorros e as galinhas adoraram a mudança de endereço.

O sogro e a sogra diziam que ele enlouquecera. Os dois realmente não tinham uma boa relação com Zeca. E volta e meia o sogro tocava no assunto querendo diálogo.

— Paz no campo é o caralho! Vai se foder sozinho... Quer foder todo mundo?! Eu não quero que você foda mais a minha filha! Nem meus netos, seu balconista de merda! Você está impregnado de cidade, não vai agüentar nem uma semana naquela merda sem luz e sem telefone! Chega de foder a minha filha, seu puto!

— Ah, vá tomar nesse cu grisalho!

Finalizava Zeca, não querendo continuar a conversa e desligando o interurbano.

O sogro disse à polícia que Zeca sempre evitava dialogar com ele. Zeca ficava arrasado por dentro. Sabia que era matar ou morrer. Não podia dar errado, nem que fosse pra ver a cara de merda do sogro vendo os lucros da granja e a paz dele, da mulher, das crianças e das galinhas.

Zeca disse que arrumou um cercado provisório pras galinhas. E sua primeira grande obra não foi o galinheiro e sim uma ponte, quase um viaduto, que passava por cima do riacho. Construído com centenas de sacos de cimento, e ferros. Todos comprados com desconto pela Rosana, na loja do pai.

Não precisava uma ponte daquele tamanho. Eu acho que estragou o riacho, disse Rosana. Não combinava. Era apenas um pequeno ribeirão. Mas a peãozada local adorou as diárias da obra.

Zeca declarou que ouvia risadinhas por trás dele quando mostrava os desenhos e projetos que fazia durante a noite pros operários. Falou também que isso no começo não o incomodava. No começo, ele até achava engraçado.

Depois da segunda semana de obra, aconteceu uma coisa chata. Desapareceram os dois rotweilers. A família Mendonça ficou arrasadaralhaça! Procuravam no morro atrás da casa, nos bosques em frente. Antes de dormir, Zeca passava de carro com uma lanterna, comprada especialmente para casos como esse. Vasculhava os sítios próximos... E nada. Desconfiou de todos os que trabalharam por lá. Ziggy e Mala ainda eram quase filhotes... Iam com qualquer um. — Porra, dois rotweillers! Aquilo sim era cachorro, não aqueles vira-latas pulguentos que acompanhavam na obra o tal de Wanderlei. Passou um, dois, três... Seis dias e nada dos cachorros. Foi uma punhalada forte e Zeca sentiu o golpe. Ofereceu até recompensa com cartaz na venda do Roque e tudo. Despediu todos os operários mesmo com a obra não concluída. O clima pesou de uma hora pra outra. Zeca passou a andar armado, a dormir com a pistola embaixo do travesseiro. Pra levantar a moral e a família que andava caída, Zeca comprou doze galinhas que logo se enturmaram com Adriana e Shelda. Resolveu criá-las quase soltas pelo quintal, apenas com uma cerquinha de plástico. Ele mesmo construiria o galinheiro mais tarde, sem pressa. Ou então traria gente de fora, menos o sogro... O sogro que se foda. Zeca ainda tinha uma bronca fodida do sogro. E ele embutia essa raiva apertando o rabo pra não brigar também com Rosângela. As crianças gostavam do avô e adoravam o sítio, porque ainda não estavam matriculadas em nenhum colégio.

Uma semana depois, pra surpresa de todos, inclusive dele, Zeca colheu três ovos no mesmo dia. E não estavam gelados.

Zeca afirmou ao delegado que tinha trabalhado sozinho. Ele frisou "So-zi-nho". Até tarde da noite na ponte, e que depois pegou num sono profundo. Só acordou no dia seguinte com o berro da mulher e das crianças no quintal. Pulou da cama, pegou a espingarda e saiu de camiseta, cueca e botina. Correu em direção aos gritos. Lá fora, Shelda ia de um lado pro outro, sem a menor elegância, mancando, depenada, totalmente rouca e em choque. Parecia uma gralha. Dava pena. Das outras só restaram penas e sangue pelo quintal. Zeca chorou. Chorou na hora e no seu depoimento. Triste cena ver o que restou do corpinho estraçalhado de Adriana no colo da sua filha Carolina. Zeca se encostou no barranco pra não cair. Rosana disse que foi a única vez, em quinze anos de casamento, que viu o Zeca chorar.

Zeca estava atônito, sem saber o que fazer ou a quem culpar, quando sua mulher lhe deu um copo de água com açúcar e disse que o tal do Wanderley tava por lá quando ela acordou. Ela até se assustou. Ele deu bom-dia e disse que veio pedir emprestada uma colher de pedreiro e que devolveria logo. Ele que avisou das galinhas mortas. Disse que devia ser raposa, gato-do-mato ou jaguatirica. Que uma dessas tinha pegado três cabritos do seu Benedito, lá pra casa de Edgarzinho do mel, do sítio da Porteira Branca.

— Quando eu e as crianças vimos as galinhas assassinadas, começamos a berrar!

— E os cachorros do Wanderlei? Ele tava com eles?

Conseguiu falar Zeca, vermelho de raiva.

— Tava sim!

Respondeu Rosana, pegando a raiva e a pilha do Zeca, que andava de um lado para o outro. Ainda ruminando ódio, Zeca consolava as crianças com palavrões atirados contra tudo e todos. Dizia que só podia ser praga do sogro, aquele filho-da-puta!

Os Mendonça limpavam o quintal quando três dos vira-latas do Wanderley apareceram sem cerimônia e ficaram lambendo e cheirando as pocinhas de sangue e as penas da chacina das galinhas. A família Mendonça declarou-se chocada com a cena e foi essa imagem que fez Zeca correr até a sua espingarda turbo doze e sair berrando alucinado atrás dos cachorros cuspindo fogo e bala. Um Rambo de São João das Dores. PAW! PAW! Dois dos vira-latas deitaram na hora, misturando o sangue deles com o das galinhas. Os ganidos dos cães ecoam até hoje no ouvido da família Mendonça. Um cão, pretinho, menor, saiu pelo caminho em disparada ganindo com o rabo entre as pernas e com um Zeca atrás descontrolado dando tiros até perder o fôlego. Parou e descarregou a munição varrendo a mata e o caminho, do viaduto até o portão.

Zeca, o réu confesso, disse que pode ter sido um desses tiros que matou Wanderley, que vinha pelo caminho devolver a colher de pedreiro. Wanderley foi morto com quatro balas. Deixou mulher, dois filhos, dois cachorros e um leitão.

Três dias depois do assassinato, com a visita de Rosana à delegacia, Zeca ficou sabendo que mataram uma onça dentro do curral do sítio do embaixador. A onça tava no pescoço de um bezerro. Ela foi a culpada pela chacina das galinhas. E soube também que os rotweillers que desapareceram tinham fugido atrás de uma cadela vira-lata no cio e que numa manhã de sol os dois, Ziggy e Mala, amanheceram latindo no quintal... Voltaram magros e com escoriações.

Assim declarou o réu, José Carlos Mendonça, por livre e espontânea vontade, perante o escrivão Otacílio Neto e do delegado Aristisdes Bulhões de Carvalho, lotado na décima quarta Vara da Vigésima Sétima Delegacia de São João das Dores, município do Estado do Rio de Janeiro, Brasil.

PÂNICO EM REDE NACIONAL

Aconteceu no estúdio "F", de foda, no PROJAC, durante a gravação de um episódio de *Os Normais* com a Fernanda Torres e o Luiz Fernando Guimarães.

Eu e Danielle Winits éramos os convidados da semana.

Eu estava numa correria louca, fase de muito trabalho. Nem eu me encontrava mais, quando chegava em casa, eu já tinha saído! E pra complicar, o canal. Não o da TV, o do dente... Aquele vizinho do canino. Por isso a dor de cão! Volta e meia o canal dava sinal, insistindo para que eu fizesse uma visita ao dentista e terminasse o tratamento. Era importante ter pensamento e saldo positivo. Teria que tomar vergonha, anestesia e trocar o provisório pelo definitivo.

Tinha pouco tempo para ficar sentado numa cadeira de boca aberta cuidando dos dentes e ouvindo aquela musiquinha. Pensei com meus molares: vou semana que vem. E, atrasado pra gravação, engoli um sanduíche com um suco de açaí pra dar sustância. Ao sorrir para o espelho mais próximo, vi que estava com a boca roxa. Passei a língua numa faxina rápida e peguei um último chiclete de validade vencida que encontrei perdido no porta-luvas do carro. Talvez tivesse a cena do beijo e eu sem tempo nem escova para os dentes. O jeito era apelar para o velho e bom chiclete. Joguei dentro da boca e acelerei para a Globo.

Masca daqui, masca dali, até que... cloc... Um estalinho. Fingi que não ouvi. Dei uma geral com a língua e estavam todos ali, nada duro no chiclete. Respirei aliviado. Mas ao descer do carro, já no estacionamento do Projac, senti meu coração apertado e todo meu corpo tomado... Eu não queria acreditar no balanço do pré-molar.

Até que numa mordida mais estressada no chiclete cansado... tchuc!

Não, pelo amor de Nossa Senhora do Bom Sorriso, não faça isso comigo! Agora não! Juro que depois da gravação vou direto pro dentista. Porra, que azar. Naufrágio iminente! Cutuquei com o dedo o dente, dando uma leve pressão. Cumprimentei o porteiro e, tenso pra cacete, cuspi o chiclete sem muita cerimônia nas bromélias do jardim. Enquanto verificava o estrago dando uma geral nos dentes com a língua, eu tentava me consolar: Foi apenas um abalinho... nada de pânico!

Tá tudo bem... Vai ser bom, vai ser linda a cena... Repetia pra mim mesmo, apertando o passo pra não ter que falar com o grande Lima Duarte naquela situação. Fugi também da alegre repórter do *Vídeo Show* que, pra meu desespero, me perguntava com quem que o galã da novela das seis deveria ficar no final. Sorri de boca fechada me desculpando. Tô atrasado... Me pergunta quando acabar a próxima novela... Desculpe.

Agora já estava num trote acelerado por cima do jardim ignorando a passarela. Pulei a cerquinha das begônias num galope controlado cruzando com uns doze figurantes vestidos de árabes, depois passei no meio de soldados gaúchos do século passado, alguns com sangue nas roupas. Estranhíssimo esse Projac! Foi aí que pensei na possibilidade de estar num pesadelo... Não estava, o dente doía e latejava. Respirei fundo enquanto mordia levemente o dente para recolocá-lo na pressão. Tick! Ufa... Acho que encaixou. Tudo bem, foi apenas um aviso... Graças a Deus!

Aí, tome figurino, maquiagem, ensaios, luz, câmera e ação!

Gravamos umas três cenas e eu já nem me lembrava que tinha dentes, muito menos provisórios e canais.

Foi quando o produtor entrou no camarim, interrompendo um delicioso papo reggae entre mim, Nanda e Luiz. Era hora da cena do jantar. Danielle já estava na mesa. Seria uma longa cena de discussão num jantar com os dois casais. Tínhamos texto pra falar e comida pra comer. Era bobó de camarão disfarçado de camarão ao catupiry.

Concentração total. Gravando!!!

Texto vai, texto vem... De repente, durante uma mordida num camarão parrudo, no meio da cena, senti algo estranho e duro entre o camarão e o catupiry. Pota la mierda! Não acredito! Era verdade. Havia um OVNI na minha boca! Um objeto não-identificado entre os camarões. E para o meu desespero, a cena continuava. Uma rápida checada e pimba, um buracaço! Estava lá, amigos da Globo: o dente provisório flutuava como uma pipa pelo céu da minha boca, livre, leve, solto e mergulhado no catupiry. Tentei não engolir o dente separando o camarão com uma linguada em diagonal e... slup! O camarão escorregou pela garganta adentro como um comprimido, me deixando a sós com o dente. Tava chegando minha hora de dizer o texto. Precisava agir rápido. Cuspir ou engolir? Eis a questão. Foram segundos intermináveis de pânico. Rápido, o que fazer? Paro a cena? Tiro o dente da boca ali, na cara dos atores? Não tinha muita intimidade com a Danielle pra tirar um dente da boca na frente dela... E o diretor? O pessoal da técnica?

Foram milésimos de segundo sob os olhares atentos de todos no estúdio, inclusive a câmera que gravava a cena e minha agonia. Decidi extraí-lo da boca sem que ninguém visse e... zupt! Num gesto mais rápido que Billy The Kid, coordenei a ligeira cuspida seca com a passada de mão pela boca. Uau, até aqui tudo bem. A criança já estava em minhas mãos. Disse meu texto sabe lá Deus como! O pior é que responderam. A cena continuava. Agora com o dente na mão e com o cuidado de não abrir muito a boca pra não entregar o buraco. Entregar o buraco no bom sentido, é claro. Eu sentia que tava falando estranho:

— Xi vochê tivexi me pidido eu ia te bushicar na aerofortuh!

Incrivelmente, todo mundo achou normal. Fingi de morto e continuei, falando e gesticulando sempre com o dente na mão até que... Corta! Berrou o diretor. Vamos pra próxima! Para minha agradável e refrescante surpresa, ninguém notou! Eu saí de fininho... Com o rabo entre as pernas e o dente e o cu na mão.

Me embrenhei no lado escuro do cenário, atrás de umas tapadeiras, e comecei desesperadamente a tentar encaixar a obturação no lugar. É como um quebra-cabeça, aquela pecinha que você sabe que é dali, mas não entra de jeito nenhum. Tem um lado certo pra encaixar e nunca é o que você coloca de primeira, claro. Ainda mais no escuro e na adrenalina. Eu tentava segurar o dente com o polegar e o indicador, apalpando com o "seu vizinho" pra achar o buraco, quando ouvi o diretor:

— Ué, cadê ele?! Chama ele! Ele tava aqui agora!

"Ele" era eu... E a essa altura eu já estava com as duas mãos dentro da boca, tentando encaixar a porra do dente na bosta do buraco. E claro que o buraco era sempre mais embaixo... Até que, tchuff, entrou! E entrou com um simples tchuff, como uma luva. Encaixou certinho, como se nunca tivesse saído dali, o filadapota. Quase não balançava e tinha certa aderência nas curvas.

Voltei pra cena com um semblante de recém-afogado... Com cara de mulher depois de parir, sabe? Retomamos as gravações.

— Onde cê tava?

Eu ia balbuciar qualquer mentira, quando ele mesmo continuou.

— Cena da briga. Fernanda e a Danielle brigam no sofá e se jogam no chão, puxando o cabelo uma da outra...

Minha participação era simples, sem comida e quase sem texto. Eu só teria que apartar a porradaria, me jogando em cima delas. Simples assim.

Gravando! As duas começaram a se estapear e foram para o chão. É agora, pensei e... vlassah! Me joguei em cima das duas. Quando pulei, o dente pulou também. E agora ele pulou pra fora da boca, num duplo twist carpado (de fazer inveja a qualquer Daiane dos Santos). Meu Deus! Por que me abandonastes?! Ali, pra todo Brasil. Vergonha nacional. Passou um flash na minha cabeça imaginando o William Bonner e a Fátima Bernardes, no *Jornal Nacional*:

— Boa-noite. Pulou da boca o dente do ator durante as gravações. Boa-noite!

Ninguém gritou "corta" e mais uma vez eu tinha metade de um milésimo de segundo pra pensar no que fazer. E eu não fazia idéia de onde tinha parado o dente. Enquanto as duas se atracavam, eu tentava separar e procurava, desesperado e disfarçadamente, o dente pelo chão no meio delas... E nada!

E o texto:

— Não faz isso! Separa, separa!

Até que o diretor parou a cena.

— Muito bom! — ele disse.

Nenhum comentário sobre o vôo do dente. Acho que ninguém sacou. E a câmera? Será que registrou o pulo? Levantamos os três e eu ainda olhava para o chão na esperança de encontrar meu sorriso completo... E nada! De repente, olhei pra Fernanda e gelei... Lá estava ele, meu dente, sorrindo pra mim, agarrado nos cabelos da Nanda, três dedos abaixo da orelha. Ai, meu carilho!, pensei com os outros dentes que me restavam. E agora, my friend José? Num gesto rápido passei carinhosamente minha mão nos cabelos dela, dizendo:

— Nanda, te machuquei, quando pulei em cima de vocês!?... Desculpe!

E resgatei minha obturação num gesto sutil e preciso, como de um cirurgião. Parecia truque de mister M. Pela segunda vez o dente saía da minha boca e se entocava na minha mão. Deu um alívio, assim como depois de fazer xixi, quanto estamos apertados.

Não quis nem ver a revisão da cena. Fui direto para o dentista e contei a história, ele dava gargalhadas comigo já de boca aberta.

Depois, quando assisti à cena do jantar na TV, vi minha cara de pânico no momento que mordi o camarão, sentindo a obturação.

Comprei o DVD e a cena está lá.

Meses depois, contei para meus coleguinhas de trabalho o ocorrido...

Alguns acham que é piada. Mas só eu sei dos momentos de adrenalina e pânico fora do normal que vivi no *Os Normais* em rede nacional!

SKUNK

O ano dois mil foi um marco na vida de Edgar Rocha. Depois de quatro anos sem gravar disco nenhum, finalmente teria uma nova chance. Edgar tinha feito muito sucesso nos anos 90, na novela *Sede de Viver*, onde, além de atuar, ele cantava o tema de abertura. Era dele a canção "Cavalo Interno".

Edgar aceitou o convite para gravar um novo CD. Novas tecnologias e um mundo mais fácil para todos. Gravar um disco, por exemplo, ficou simples. Simples só para alguns, porque Edgar era uma anta virtual... Nem videocassete sabia programar! Hoje em dia, qualquer quartinho de empregada com um computador vira um estúdio. E era o que estava rolando no oitavo andar do edifício dois oito oito da Visconde Silva.

Foi a faxineira quem abriu a porta pra ele. Uma senhora de uns sessenta e nove anos. Edgar ficou meio decepcionado pelo estúdio ser no quarto da empregada, mas como não tinha saída nem plano B, calou-se. O que importava era o contrato assinado e os músicos trabalhando nas bases da sua nova música, a canção: "Supera!".

No tal quartinho cabiam dois músicos de cada vez. Edgar ficou em pé na porta, esperando sua hora no revezamento.

Eugênio, o produtor, tocava as guitarras, programava teclados e loops de bateria. O outro músico era o Dunga, que tocava contrabaixo. Os dois já estavam hibernados no quartinho desde as dez. Edgar chegou às três, atrasadérrimo. Para ser simpático, apertou um skunk e botou na roda. Achou que estava abafando, mas Eugênio e Dunga recusaram. Dunga falou que não gostava de colocar nada no cérebro e Eugênio disse que há vinte e dois anos não fumava nada. Mas por ele tudo bem, podia acender.

Quando Edgar ia acender o baseado, viu dona Luzia, a faxineira, que limpava a cozinha perto do quartinho de empregada.

Apagou em sinal de respeito, embora Eugênio dissesse que não tinha importância. Esperou que ela fosse faxinar lá pra dentro e tacou fogo. A fumaça subia e o tempo passava a largas baforadas. Horas depois, no final da tarde, os três músicos estavam mergulhados nas entranhas da canção. Perdidos entre linhas de baixo, arranjos vocais, solos de guitarra e levadas absurdas. Junto com o celular e a carteira de Edgar, a bagana descansava em cima da máquina de lavar roupa.

Viajandão, Edgar estava na porta do quartinho quando ouviu o "psiu" de D.Luzia, que vinha já de roupa trocada para ir embora. Dona Luzia entrou na lavanderia iluminada pelos últimos raios de sol daquela tarde. Ela tomou coragem, uniu o dedo indicador ao polegar e balançou a mão num gesto entre o "OK" americano e o nosso "vai tomar no cu", dizendo:

– Edgar... Será que dá pra dar unzinho... ?

Por cinco segundos, Edgar ficou em choque. Voltou a si e acendeu. Deu duas longas tragadas antes de liberar a bagana para a dona Luzia. Encheu o peito, prendeu a fumaça falou:

–Ô, tia... cof... Por que a senhora não falou antes?!... Cof... Cof... Toma! Pode levar pra senhora... cof...

Saía fumaça até pelo ouvido dele. Estendeu a mão passando a baga para a senhora sob a nuvem de maconha:

– Não... Né isso, não... Será que dá pra dar um... autografozinho?

E repetiu o gesto do "OK", mas agora talvez mais para o "vai tomar no cu" mesmo.

Edgar quase engoliu a bagana e saiu abanando, tentando inutilmente purificar o ar. Eugênio e Dunga, que testemunharam a cagada, se mijaram de rir.

Edgar procurava caneta e papel para tentar consertar a situação dando um autógrafo caprichado para dona Luzia, a faxineira evangélica do Eugênio.

Enquanto assinava, sentia no fundo que tinha perdido uma fã e que estaria com o filme queimado pelos próximos anos na comunidade da dona Luzia da Conceição.

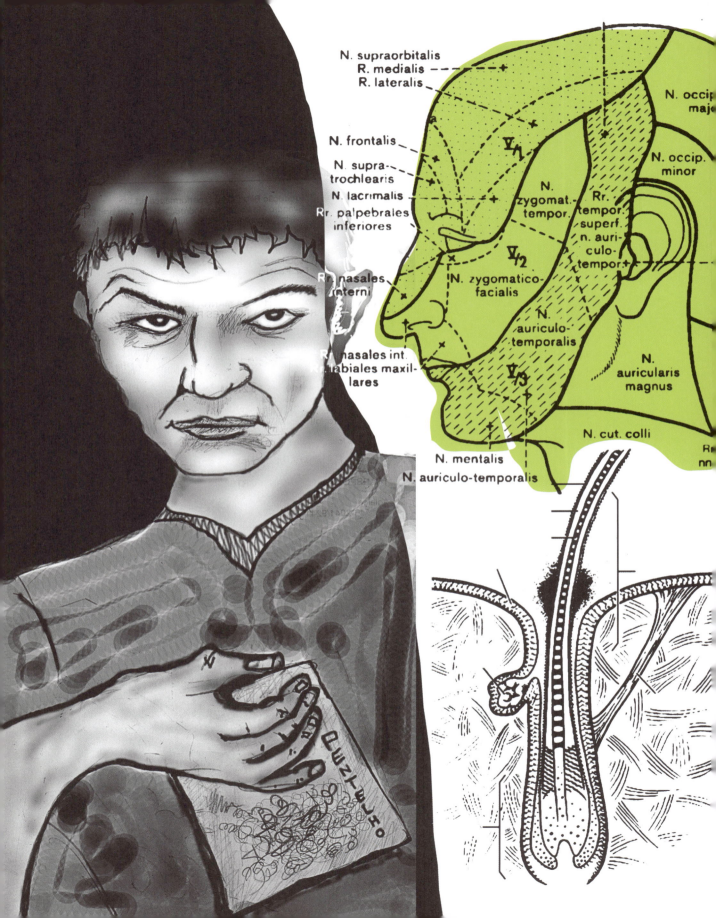

MEDICINA MORTO MOLECULAR

Lauro Luiz, ator da novela das oito, está no elevador quando entram duas mulheres. Uma ruiva de uns quarenta anos, acompanhada por uma gorda, de calça de jogging e com uma camisa extra-hiper-large escrita "Praia dos Ossos". Letras distorcidas e esgarçadas pelos peitos e pneus que emendavam nas coxas da tal senhora. Lauro Luiz é examinado de rabo de olho, de cima a baixo.

— Desculpe... Mas eu não resisto à curiosidade... Você é aquele ator... O Lauro Luiz, não é?

— Sou sim, como vai?

— Puxa, admiro muito o seu trabalho.

— Muito obrigado!

— O que o traz aqui?

— Uma mulher... Quer dizer... Uma mulher abriu o negócio dela aqui no prédio... E eu tô indo nela... Nela, na consulta... Medicina alternativa... Ortomolecular.

— Morto molecular?!

— Não, morto, não... Orto... Or-to-mo-le-cu-lar, sei lá... Deve ser alguma coisa com comida orgânica, né? Por causa do "horto", entendeu? Eu não sei direito. Mexe com moléculas, com embrião, aquele negócio do cordão umbilical. Um amigo me disse que era uma boa essa alternativa.

Foi aí que a ruiva se manifestou:

— É a dra. Kioto, do 702. Eu estou indo lá pegar o resultado do meu exame de cabelo. É interessantíssima a "ortomolecular". É a medicina do futuro.

— Do futuro mesmo, porque eu só consegui marcar minha consulta um mês depois. Mesmo sendo... eu mesmo.

— É... Saúde é o mais importante — diz a gordinha, para ser delicada, mordendo uma barrinha de cereais.

Lauro Luiz tenta ser simpático na mentira.

— Eu, com meus trinta e pouquíssimos, ando tomando juízo e vitaminas.

Aliviado e feliz, ele se despede da gordinha e segue a bunda da ruiva pelo corredor até o consultório da doutora Kioto.

A sala de espera está cheia. Senhoras, senhores, gatas e gatos lendo revistas do ano passado esperando ser chamados.

Num canto da sala, um babaca fala alto num rádio celular. E o pior é que dá para ouvir também o outro babaca, do outro lado da linha, falando com ele. A ruiva senta numa banqueta e beija na boca outro babaca, congelando qualquer plano de Lauro Luiz, que é o único a ficar de pé perto da porta, por não ter onde sentar.

Na sala de espera, uma enfermeira bem maquiada tem o poder sobre todos os pacientes. Ela faz o primeiro atendimento antes de encaminhá-los para a sala da doutora Kioto. A desgraçada da enfermeira fala alto:

— Quem é Lauro Luiz?

Tímido, ele levanta o dedo.

— Ora, ora... Então o Lauro Luiz é o Lauro Luiz que eu pensei que fosse. Não acredito! Até você por aqui?!

Todos na sala de espera param de ler e olham para Lauro Luiz, que mexe alguns músculos do rosto esboçando alguma coisa parecida com um sorriso.

— Que bom! Não tem feito mais aquelas novelas que você fazia, Paulo Ruiz?

— Até tenho... Luiz, meu nome é Lauro Luiz. Eu faço o filho adotivo do Guimarães na novela das oito. É que meu personagem deu uma sumida nesses últimos quinze capítulos.

— O pessoal lá de casa é que vê novela, eu detesto! Acho uma merda! Não perco meu tempo acompanhado histórias dos outros. Mas lá em casa até o cachorro vai pro sofá quando toca aquela musiquinha com aquela mulher berrando. É sapata ela?

— Não conheço, ela só canta...

— É incrível o que a maquiagem faz com a pessoa, né menina? Você parece muito mais velho pessoalmente, sabia? É impressionante. Mais feio também, sabia? Sem querer te ofender, hein? Sim, porque tem uns de vocês assim que são antipáticos.

— Grunf... — balbucia Lauro Luiz tentando identificar o sotaque da filha-da-puta. Devia ser argentina, pensa ele.

A enfermeira avança com um aparelho de pressão e atocha-lhe no braço. Nessa hora, Lauro Luiz estava com um metro e meio de altura, preso no aparelho e encurralado. A enfermeira continua trabalhando embaixo:

— Só no olho dá pra ver que você está acima do peso. Uns seis quilos, né, Ruiz? Deixa eu ver... Você tá com o pneu bem calibrado, né? Vocês artistas são uma raça que se alimenta mal. Ó a camada de gordura aqui toda na minha mão. Olha a papa.

Ela mostra para as pessoas da sala o exemplo do pobre Lauro Luiz.

— Ó, flácida, flácida... Ó!

— É, tudo bem. Já vi... Ou melhor, já vimos!

— Só fast-food, junky food e é aí que você se "food". Rá, rá, rá!

A hiena de branco ria fazendo com que todos na sala rissem da babaquice que ela disse. Lauro Luiz fica constrangido por fora e putaço por dentro.

— A dra. Kioto pode me atender?

— Eu vi na sua ficha... Quantas plásticas você já fez mesmo?

— Só fiz um negocinho aqui... — sussurra Lauro.

— Onde?

— No olho.

— Tirou a papada também?

— Que papada?

— Como que papada? Você parece que tem dois queixos. Rá, rá, rá! Eu, se fosse você, me pediria para fazer o teste do cabelo, pra ver a quantidade de minerais que você carrega no corpo. Te pouparia tempo com a doutora.

— Ótimo! Me falaram desse teste. Como é que é? Eu te dou uns dois fios de cabelo e você...

— Dois?! No seu caso, vai fazer falta e eu preciso de muito mais que isso. Vamos tirar um bom punhado dos seus pêlos pubianos, tá "coraçon"? O resultado é o mesmo, só que um pouco mais enroladinho. Rá, rá, rá! Você não é depilado não, né?

— A senhora não tem um quartinho reservado? Ou pelo menos fala mais baixo, porque tá cheia a sala e eu fico tímido.

— Tímido? Você? Vocês ficam até pelados na televisão e vai dizer que está tímido pra cortar pêlos pubianos?

A desgraçada da enfermeira entregou um saco plástico transparente e uma tesoura para Lauro Luiz. Ele queria era empurrar a vaca pela janela do décimo quarto andar, depois de cravar a tesourinha no cu da mulher que, sorrindo, continua o ataque.

— Que isso, querido?! Pentelho é como bunda, todo mundo tem! Só porque você trabalha na televisão, acha que a gente pensa o quê? Que você tem dois paus?!

— Tudo bem, doutora, não precisa desenvolver esse tema, onde é o banheiro?

— É só uma clareira na sua floresta amazônica. Rá, rá, rá!

Gargalhada geral na sala de espera contagiando, num efeito dominó, toda a fila que, a essa altura, já está no corredor do elevador. Lauro Luiz quase implode de vergonha e pensa: "Logo comigo... uma pessoa tão legal, e pública, sendo examinada pelos pentelhos por uma jararaca que nem de novela gosta... É sacanagem!"

Ele se esgueira pelo corredor, entra no banheiro e sai uns vinte minutos depois, ficou um tempo escolhendo que tufos lhe desequilibrariam menos a arquitetura da sua paisagem peniana. Finalmente coloca um chumaço de pentelho do saco no saco transparente. Quem lia parou de ler, quem fumava interrompeu a tragada e todos filmaram cada passo da entrega dos pentelhos.

— Ah! Ruiz, me poupa... Eu preciso de pelo menos o triplo disso aí, né?

— É Lauro Luiz... Pô, o triplo?!

— Olha só gente, o punhadinho que o Lauro Luize me trouxe!

— Não, não mostra... Fala baixo, por favor!

— Não liga não, Lauro, todo mundo aqui é raspadinho. Né, gente?

— Tudo bem... Tudo bem! Eu vou cortar lá no meu carro e mando pra senhora... Mando pra senhora tomar no cu, tá legal?

E sai da sala deixando o maior climão no ar.

— Ih, eu estava só tentando descontrair o paciente. Escroto. Só porque é artista acha que é diferente. Ator é uma cambada de fia das potas, sem costume!

O MARIDO É O SUJEITO OCULTO

Sábadão de praia, sol pra protetor 120, e Marcão atrapalhava a paisagem... Ele tava na sombra tomando água fresca sentado num banco do quiosque do Pará. Tinha acabado de jogar uma partida de futevôlei na areia de 45 graus e ficou escornado vendo a praia passar, queimado como um jacaré de papo vermelho. Às vezes virava o pescoço e escorregava o olhar comprido, vermelho e carente para as moças da ciclovia que passavam as pedaladas pelas suas costas. Foi quando chegou Roberto Robertinho, que ficou Roberto Robertinho porque tem o Roberto Robertão... Mas Roberto Robertinho chegou e chegou bem acompanhado, com um metro e setenta e cinco de loura descaralhante. Daquelas que você só vê em fotografia. Marcão emborrachou na hora e ficou na contemplação. Roberto Robertinho botou na roda, e na ingenuidade apresentou a criança:

— Marcão, essa é Teresa. Minha irmã.

— Porra, que irmã é essa, hein, Robertinho?! É show! A sua irmã é um escândalo! Maravilhosa... Onde cê tava escondendo essa maravilha, Robertinho? Deliciosa, muito gostosa!

Nisso, do nada, surge um cara forte e aborrecido, com orelha de couve-flor. Roberto Robertinho emendou:

— Esse é o noivo dela, Erlan Bad Boy, professor de jiu-jítsu.

— Nossa, que bonito também! Que colosso! Puxa! Parabéns, vocês formam um lindo casal. Benza Deus!

Marcão rebateu de bate-pronto, tentando consertar a cagada. E, mesmo exausto, surpreendeu todo o quiosque correndo cambaleante num doce balanço a caminho do mar.

GOSTO DE DESENHO

Gosto de desenho. Gosto de desenhar. Desde pequeno. Meu pai desenhava bem. Fazia algumas capas de trabalhos meus que impressionavam colegas e professores. Consegui guardar umas cartas enigmáticas que me mandava do seu escritório:

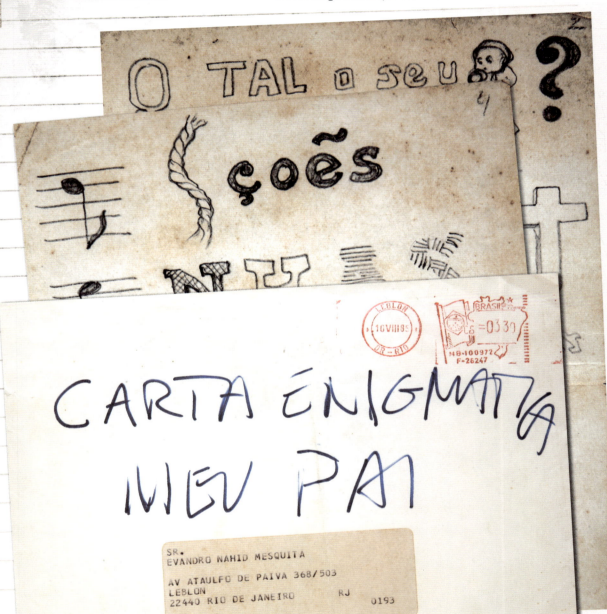

ORGANIZAÇÕES NOVO MUNDO Seguros

RUA DO CARMO, 65/71 — TELEFONE: 52-2010 — RIO DE JANEIRO

55

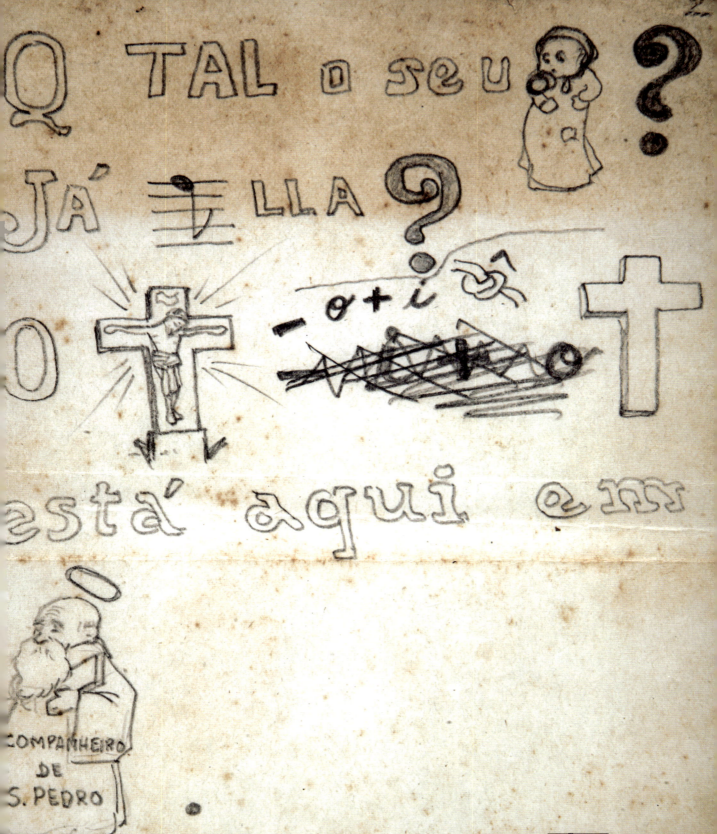

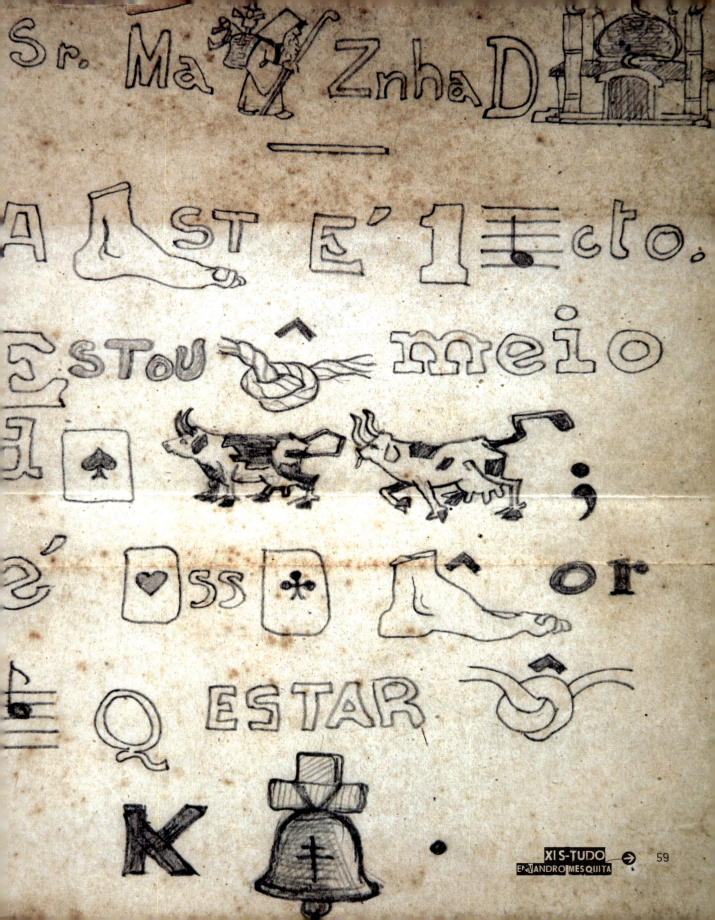

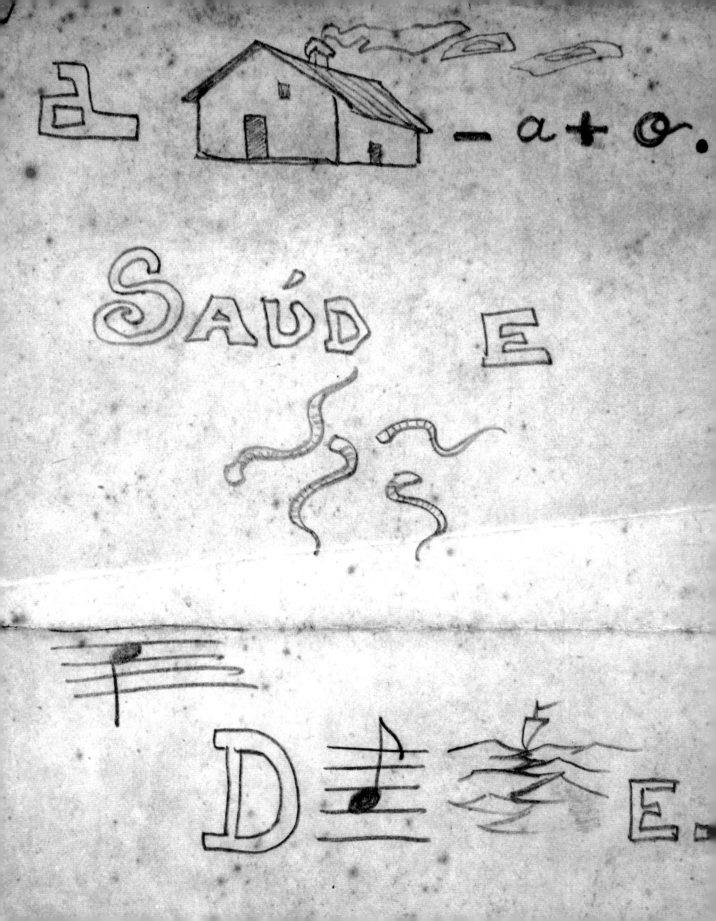

O foco principal da minha mãe era a literatura. E até hoje encontro com ex-alunos dela que comentam comigo coisas do tipo: "Tive vários professores na minha vida... Mas, mestra... só a Samira." Eu agradeço com nó na garganta do orgulho invadindo a minha alma. Resende, um ex-aluno dela, presenteou-a com o desenho: "Meu Avô e o Violino Mágico", que ela guardou e eu guardo até hoje.

Uma flor

Ela só sabia fazer um desenho. Uma flor. Acho que foi o primeiro desenho que eu e minhas irmãs aprendemos a fazer.

Meu outro tio, Samir, irmão da minha mãe, fez um desenho da minha filha Manuela de que gosto muito.

OLHA O PAR DE CHIFRES QUE ELE VAI LEVAR SE A MULHER SOLTAR O RABO

Um dos irmãos do meu pai, Maurício, é craque com madeira e desenha muito bem. Pedi pra ele um caminhãozinho para colocar as frases de pára-choque e ele mandou essa ilustração:

E a Manuela fez um desenho que é a minha **CARA.**

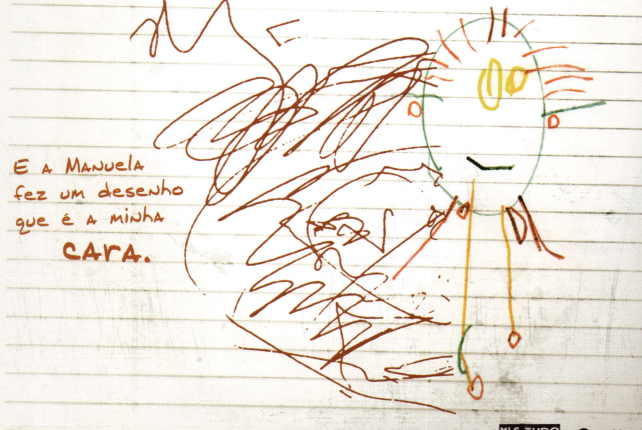

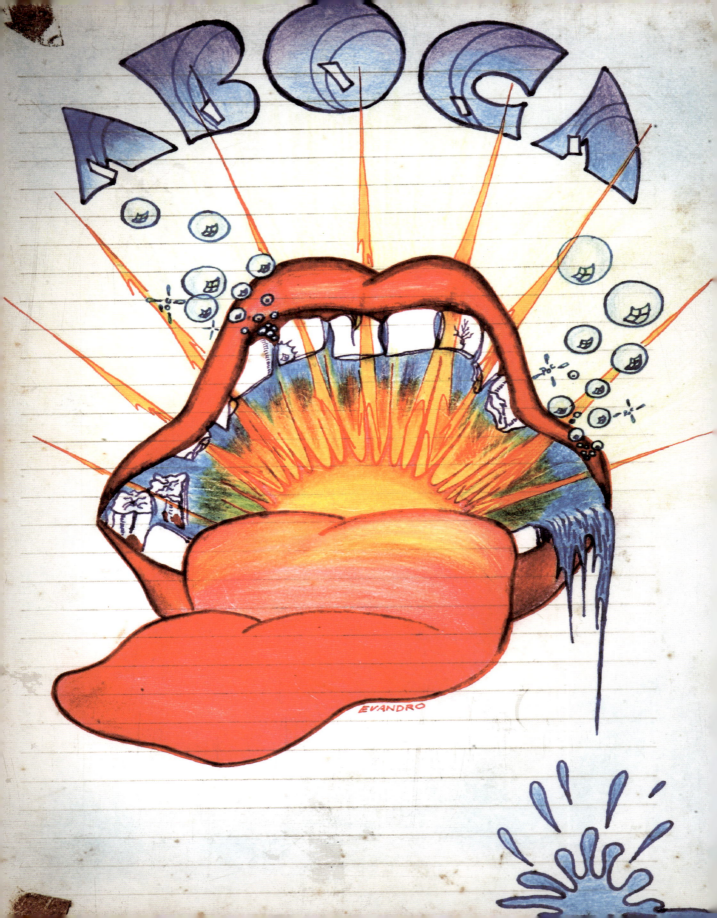

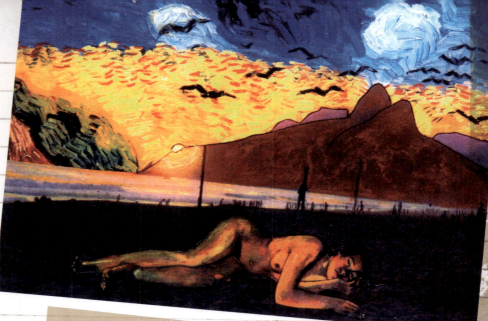

Minha irmã Lenora é artista plástica e pra tirar onda me deu uma de suas praias.

Andréa fez uma mesa de mosaico de um Picasso que dei a ela.

Minha vó Laura era professora de artes e pintou essa garotinha que eu jurava que conhecia.

Sempre adorei revistas em quadrinhos. Desenhos e desenhistas me acompanham por toda a vida.
Desde *O Pequeno Cator*, *Luluzinha e Bolinha*, *Hans & Fritz*, *Os Sobrinhos do Capitão*, *Tio Patinhas* e todos os patos e ratos da Disney, *Brucutu*, *Pafúncio*, *Pimentinha*, *Recruta Zero*, *Fantasma*, *Mandrake*, *Nick Holmes*, e depois vieram o prazer das novas descobertas e o tesão no mundo encantado do Carlos Zéfiro. *Pasquim* e os heróis nacionais, Ziraldo, Henfil, Millôr, Jaguar, Lan... Adorava *O Amigo da Onça* e *As Sombras Enganam*, do Carlos Estevão. *Mad*, *Asterix*, *Lucky Luke* até me apaixonar perdidamente por tudo do Robert Crumb. *Freak Brothers*, *Little Nemo*, *Spirit* e tudo do Will Eisner. Eu estava no ginásio do André Maurois e tinha um jornalzinho de que fiz a capa à boca. Tráfico de informações.

BASTIDORES ASDRÚBAL ...AQUELA COISA TODA...
ESPIRITUOSOS

Depois, no Asdrúbal Trouxe o Trombone, meu grupo de teatro, batizei de Trate-Me Leão nossa criação coletiva, fiz cartaz. Da outra peça, Aquela Coisa Toda, fiz o programa.

O último movimento teatral importante do Brasil

ASDRÚBAL

Asdrúbal Trouxe o Trombone apresenta: TRATE-ME LEÃO

TEATRO RUTH ESCOBAR
Estréia 5 outubro
Apenas 1 mês

XIS-TUDO
ENVANDRO MESQUITA

Nos anos 70, fiz uma capa para Veja... Mas houve o atentado terrorista nas olimpíadas e a capa foi sobre o Setembro Negro.

Carta ao leitor

Esta é a carta que escrevi na tarde de quinta-feira da semana passada:

Embora no momento do Carnaval, há dois anos, ele apareça nas páginas de VEJA como autor de uma reportagem de capa naturalmente envolta em serpentinas, o editor Sebastião Rubens não é um riponga bravo. Talvez um folião à moda antiga, o que lhe permitiu em 1971 escrever uma reportagem de capa sobre Evandro Castro Lima e Clóvis Bornay, veteranos laureados dos desfiles do Municipal, e em 1972 sobre Natal da Portela. No entanto, Sebastião é também um estudioso da natureza humana que, por artes do destino, formação humanística e manhas inatas, consegue fazer com que uma meneante veia irônica, ao cair das teclas de sua máquina, se pareça com a ingenuidade inefável de Cândido. E foi assim que Sebastião aportou ao fantástico pier de Ipanema, abrigo e templo de ripongas e riponguinhas, como hoje em dia é digno e conveniente chamar o pessoal da hippilândia, conduzido pela repórter Beth Carvalho, da sucursal do Rio, notável conhecedora do lugar.

Ele logo atingiu a conclusão que para ela já era santa verdade: o pier está agonizando, a "gente boa" está cansada (não diga "bicho": é "careta"). Observe-se que, se nas grandes linhas os dois concordam, no detalhe são perfeitamente capazes de divergir. Por exemplo, Beth acha que Wally Sailormoon, autor da obra "Me Segura que Eu Vou Dar um Troço", escrita à sombra do pier, é pelo menos inquietante com sua prosa cheia de reticências e de cortes cinematográficos. Para Sebastião, trata-se basicamente de prosa tumultuada. Em compensação, Sebastião diz "eu também acho" quando Beth, à cabeceira do pier, sentencia: "De positivo talvez fique um passo para mudar cer-

A impossível capa dos ripongas

tos comportamentos, uma maneira mais liberal de encarar as coisas, algo que ajude as crianças maravilhosas a serem, algum dia, adultos menos intolerantes".

Mas na noite de sexta-feira foi preciso admitir que Sebastião não seria o autor de uma terceira reportagem de capa afinada com o alegre momento que atravessamos. E a "topless", o intelectual de Ipanema, a grávida de biquíni, o representante do "gay power" brasileiro, o vendedor de mate e outros amáveis personagens que habitavam a capa desenhada por Evandro Mesquita empalideceram e sumiram diante da sinistra imagem do terrorista do Setembro Negro. Vai para a capa o drama de Cartum, e uma máscara que, num tempo de máscaras, não parece nem um pouco afinada com o Carnaval que, teoricamente, deveríamos ter vivido.

M.C.

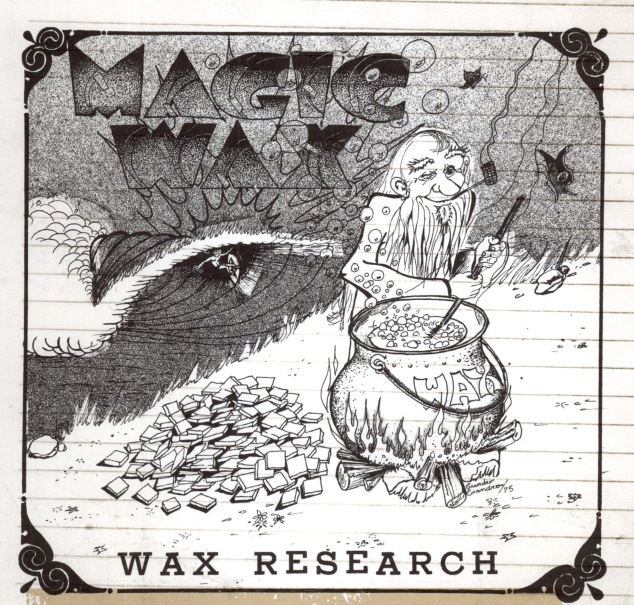

WAX RESEARCH

Fiz anúncio pra *Energia*, do amigo Lipe, em troca de prancha. Desenhei rótulos de parafina em troca de hospedagem na oficina em Saquarema, do Otávio Pacheco e do Paulo Proença.

Consegui, depois de umas quatro tentativas, ter uma história publicada na revista underground *A Esperança No Porvir*, do Milton Machado. Uma época mística e apocalíptica. Fiz o nascimento do anticristo. E a história é essa:

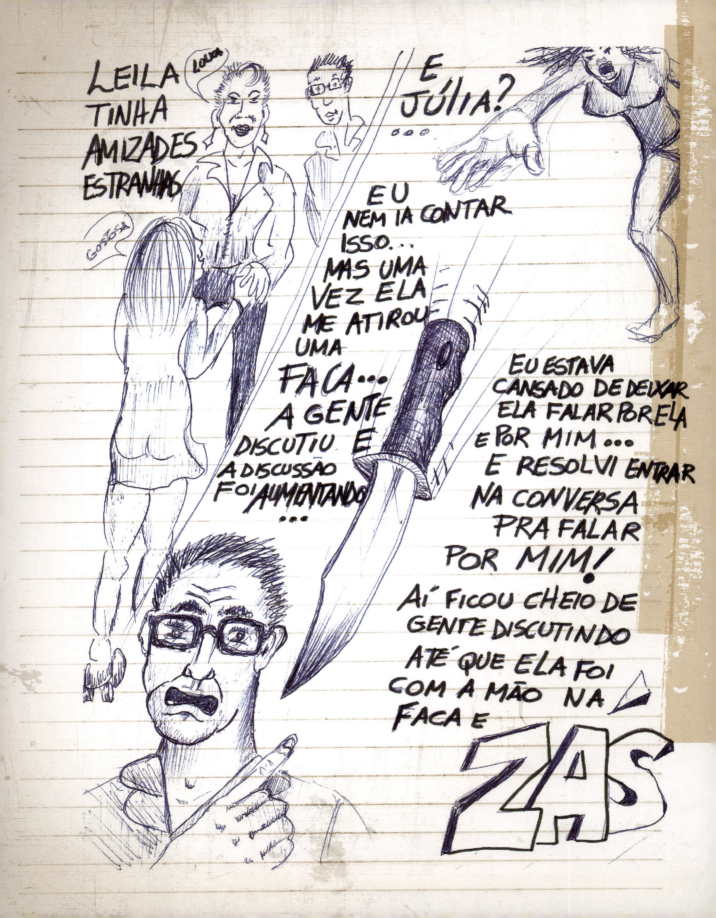

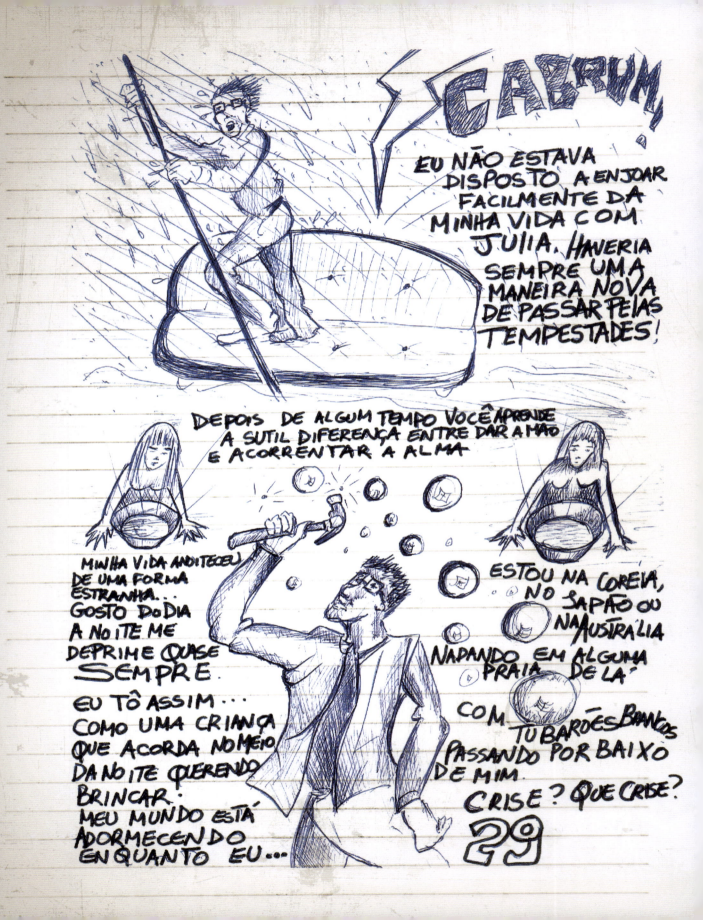

A LÍNGUA
ADA A VOCÊ
BIS

/ SERÁ QUE NÃO SOUBE/É AMAR

ELIGENTE

TOU NESSE PAR
OU NUMA LUTA BOX
A TÃO SEX TOO
ALTO PODER

PONTOS
VEZ
APRENDE
DO PARIS
QUIS

VIAGEM
MAQUIAGEM
SEM CAMISA
BEI
/ EIFEL
O G
BRANDT
M
GILBERTO
ÁFRICA
FALE
MIM
ESQUIS
ÃO QUE EU FIZ
NFANTIS
OR PEDE BIS !

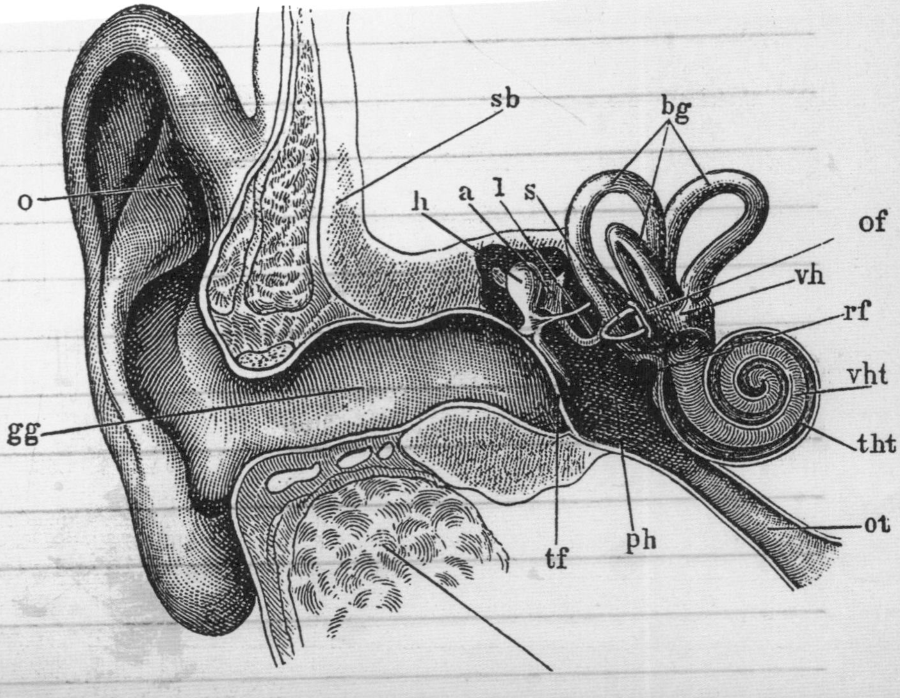

LETRAS, POEMAS E SONS

BASEADO EM CLARICE

Começou quando eu ajudei
a carregar as suas malas
Ela disse: —Obrigada
E eu: — Tchau... Tudo bem...
A gente se fala...
Mas, antes que eu saísse
Ela disse: — Meu nome é Clarice
E sorriu... Um sorriso
Que putaquiupariu
Quase pulei naquele pescoço
Mas apenas a convidei
Para o almoço
Depois nós dois fomos a pé
Tomar um café no tal do Pax
Demos risadas escancaradas
E baforadas num charuto
Ela pediu a conta e um táxi
Eu tava sem graça e sem um puto.

Esse foi o dia em que a gente se conheceu
E até hoje eu não sei quem é ela
E ela não sabe quem sou eu
Clarice me disse
que um futuro brilhante
é baseado no passado
Intensamente vivido
Eu disse: — É... Tem razão... Faz sentido
Ela abriu uma latinha de cerveja:
"Talvez seja a última vez que a gente se veja"
Ela disse que estava indo para o aeroporto
Mudar de ar e dar um mergulho no Mar Morto
Não dá pra levar a vida tão a sério
Que mistério tem Clarice? Eu cantei...
Sonhe o que quiser
Seja o que você quer ser
Seja você
Só temos uma vida pra viver

E apenas uma chance
Dance o ritual da floresta
Celebre! Faça festa!
E me deu um beijo na testa
Por que você vai embora
logo agora que eu te encontrei? Eu falei.
Nunca conheci nenhuma Clarice
E queria dizer mais do que eu disse
Travei com medo de falar besteira... burrice

Entrei no táxi pra ficar
um pouco mais com ela
Fomos fugindo das balas pela linha amarela
Nosso erro foi não ter pegado o Aterro
Tarde demais... Tem bandido na frente
e a polícia vem vindo atrás
Tiros entram nos nossos ouvidos
Freadas, gritos e vidros.
No olho do furacão
No meio do tiroteio
Com o cu na mão
Nós dois agarrados... Deitados
no chão do carro, ela aos prantos.
Rezando pra todas as seitas e santos
Escapamos por pouco do sufoco, esse foi feio.
Depois que passamos pelo tiroteio, eu pensei:
"A vida é mesmo muito louca."
E ela me deu um beijo na boca
Um beijo num momento de ouro
Lágrimas rolaram no seu casaco de couro
Ela afastou seu cabelo comprido
e sussurrou no meu ouvido
"Felicidade aparece para os que choram
Para os que arriscam e se machucam
Para os que tentam sempre...
Para os que buscam
Felicidade pra fazer a vida doce
Dificuldade pra fazê-la forte

Tristeza pra fazê-la humana"
Foi Clarice que disse não fui eu
E fogo pra manter acesa a chama
Falei, antes de um curto amasso.
Depois de um longo abraço
Pelo amor que não tivemos
Por todas as trepadas que não demos
Pelo tempo que não nos conhecemos
Tudo ali naquele último beijo
E agora a vejo subindo a escada do avião
E eu fiquei desse jeito
Com um buraco no peito
Onde antes havia um coração
Voltei sozinho ouvindo um som
Por Copacabana, Ipanema, Leblon
Vi o dia ir embora e sei o que aconteceu
O sol se atirou no mar... E depois morreu.

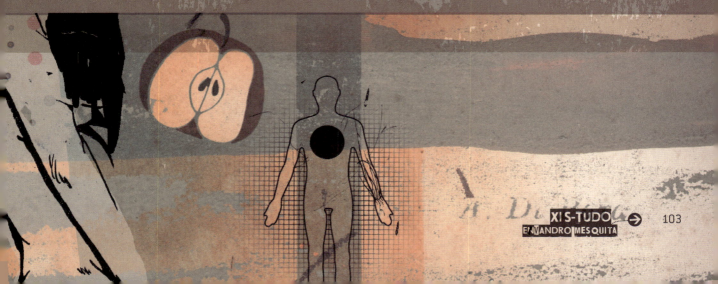

NUNCA JOGUEI COM PELÉ

Aí, vou dizer: Caxingelê,
meu campo favorito
Lá deito, rolo, grito,
corro, chuto e xingo,
de segunda a domingo
Já joguei com Júnior, Zico
Bebeto, Beline e Brito
Ney Conceição e Afonsinho
sempre deram moral
Geraldo, o Assobiador e Geraldo Mãozinha
Nunca joguei com Gerson, o Canhotinha
Cada drible tinha um nome
Kleber, Pintinho e Samarone,
Troquei altas tabelas com Beto Bial
passes, música e letras com Chacal,
Dionísio, Pedro, Peninha e ainda tinha
o jogo do bicho pra fazer fezinha
Neném, Batata, Adriano, Magal

e ainda por cima, no Caxinguelê
Paulo César Lima, o PC
jogando uma beleza
apresentava o churrasco
e batia a sobremesa
Humberto do Botafogo
e Serginho da Portuguesa
Outro craque? Por que não dizê-lo?
Mauricio Camelo, jogava de fraque
Jorge Ben, Chico, Tide, Babá e Didito,
Fernandinho, Marcelo, Dadica e Joninha
Dia de pelada todo mundo vinha
Boleiro, bolão, a bola bolava bonito
Gonzaguinha e Vina da perninha fina
E a alegria de ser um eterno aprendiz
Marcelo, Braga, Pernil, Pepeu e Ruban
A resenha rendia até de manhã
Todo mundo sabia o caminho
Madalena, Luizinho,
Leão, Japa e China
Ernani e o falecido Rubinho
Gente boa, gente fina
vapor do Santo Cristo
Tinha estilo, levava jeito
Morreu matando uma bala no peito
Quarenta e cinco do segundo tempo
última volta do ponteiro
não teve pelada, nublou
neguinho chorou o dia inteiro
Nuvem Cigana e o perfume do vento
Novos Baianos e Paulo Suprimento
trazendo alegria pra rapaziada
Baseado nos papos da arquibancada
Música, filosofia e gargalhadas.

Cerveja espumando champanhe
Sempre tinha um beque sem mãe
estilo argentino entrando de sola
o menino chutava cabeça, pau e bola
Mas artilheiro guerreiro manca sorrindo
e depois do luxo da ducha, tá tudo lindo
até debaixo d´água alguns moicanos
pingavam pra manter a fé
joguei com Jair, Djair, Altair e Orlando Lelé
mas nunca joguei com Pelé
e acredite, Jair da Rosa Pinto e Dinamite
Washinton, Assis, Eder e Reinaldo
Uri Geller, Silas, Silva e Clodoaldo
Rildo, Roger, Regis, Nunes, Andrade e Adílio,
com Ademir não. Nem com o pai, nem com o filho.
Delei, Denilson, Edu e Adão
Nunca joguei com Tostão
Tenho marcas no coração
das viradas históricas
jogadas antológicas
algumas mágicas, outras trágicas.
Não tinha pra ninguém
"Fumeta" e o "Passa A Bola, Meu Bem"
a bola rola desde menino
com Carlos Alberto, sim
mas nunca com Rivelino
Com dezoito, vinte, vinte e poucos
todo mundo é louco e atleta
Já fiz gol de falta
de cabeça e bicicleta
Areia, grama ou tábua corrida.
Caxinguelê era de terra batida
tinha o bar do Canário no fim
a vaca da grana do seu Joaquim
no meio do ar puro do Horto

Só dava vaga quem saía morto
Lá perdi unhas e um joelho
Nunca joguei com Julinho Botelho
Joguei com Beto, Neto, Moreno
Branco e Preto
Torci pé, quebrei pulso e dedão
fui expulso por todo juiz ladrão
Saí com o nariz vermelho
numa dividida com Casé
Joguei com malandro e otário
com Renato, Ronaldo e Romário
Toninho, Nelinho e Búfalo Gil
Dadi, Du, Dé, Marreca, Rato e Jacaré
Mas nunca joguei com Pelé
No morro, no subúrbio, na praia
Lug, Ludovico, Necrose e Samambaia
Charles Negrita apresentava um
pra lua que nascia bonita
Jogávamos por música, por poesia
pela arte, pela bola, periferia.
Plena harmonia, Zona Sul, Zona Norte
dividíamos a conta, a ponta e a simpatia.
É a tal história... tá tudo na memória
Saudade é bom, mas às vezes dói
como bola na barreira que arde, incha.
Já joguei com muito Mané
mas nunca joguei com Garrincha
Nunca joguei com Pelé
ele era uma pantera de outro planeta
metia lençol, na gaveta, de placa, de letra
eu queria... Só pra falar:
"— Vai, Pelé! tô contigo, Pelé!
se quiser toca, Pelé.
golaço, Peléééé!"

TEMPOS DE COWBOY
Letra pra música do Ralph

Tempos de cowboy
Assaltaram nosso país
Ninguém sabe quem foi
Não tem final feliz
Passei por barras
e bares nessa vida
Fui a nocaute
com beijos de despedida
Mas dessa vez
não dá pra acreditar
Piso em estrelas
Não quero ouvir mais esses boçais!
Muito cuidado
com tudo daqui pra frente
São suspeitos os homens do presidente
Não tem ninguém em quem confiar, boy
Hum... Hum...
Isso me dói
É a peste de todo velho oeste
Sem ninguém em quem confiar, boy
Como se sairá nosso herói nesse saloon

Decepção
O creme do crime no hotel
Lobs de lobos
Ninguém leva dinheiro pro céu
Roubo dos roubos
nas telas da TV
Deram pra todos
menos pra você
Vai o trem
e o dinheiro é todo seu
Lá vem o trem
Há malas que vão para Belém
Muito cuidado
com tudo daqui pra frente
São suspeitos os homens do presidente

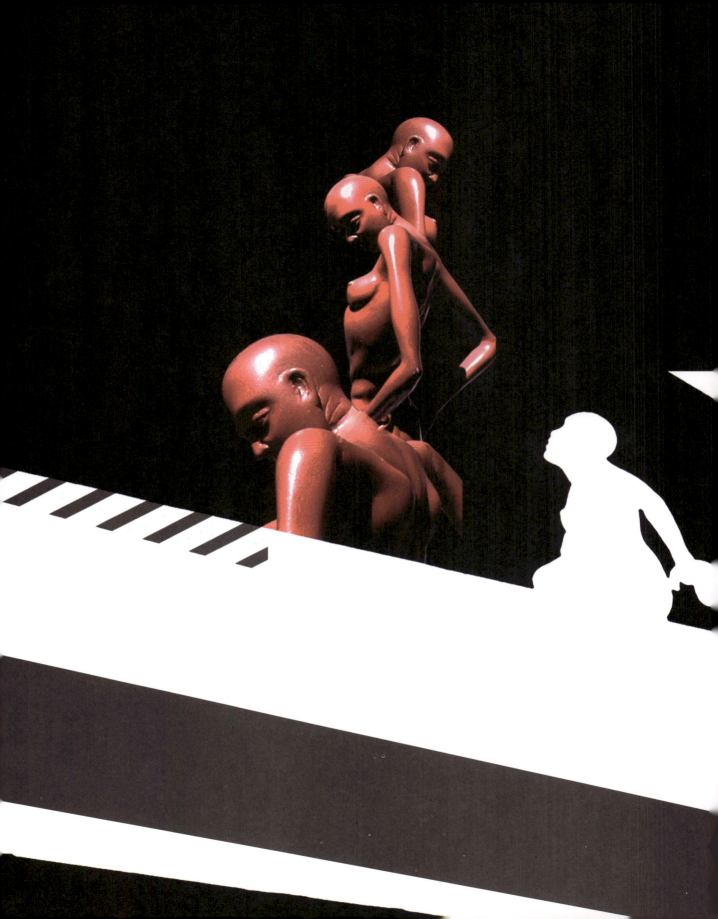

CURIOSIDADE

Onde você malha?
Onde você mora?
Em que você trabalha?
Você namora?
Você me entende?
Gosto não se discute?
Me aceita como friend?
No seu orkut?
Quais seus poetas prediletos?
Sua foto não tem zoom?
E seus vícios secretos?
Posso saber de algum?
Seu perfume acabou?
Você soltou um pum...
Ou pisamos num cocô?

XIS-TUDO
ENMANDRO MESQUITA

111

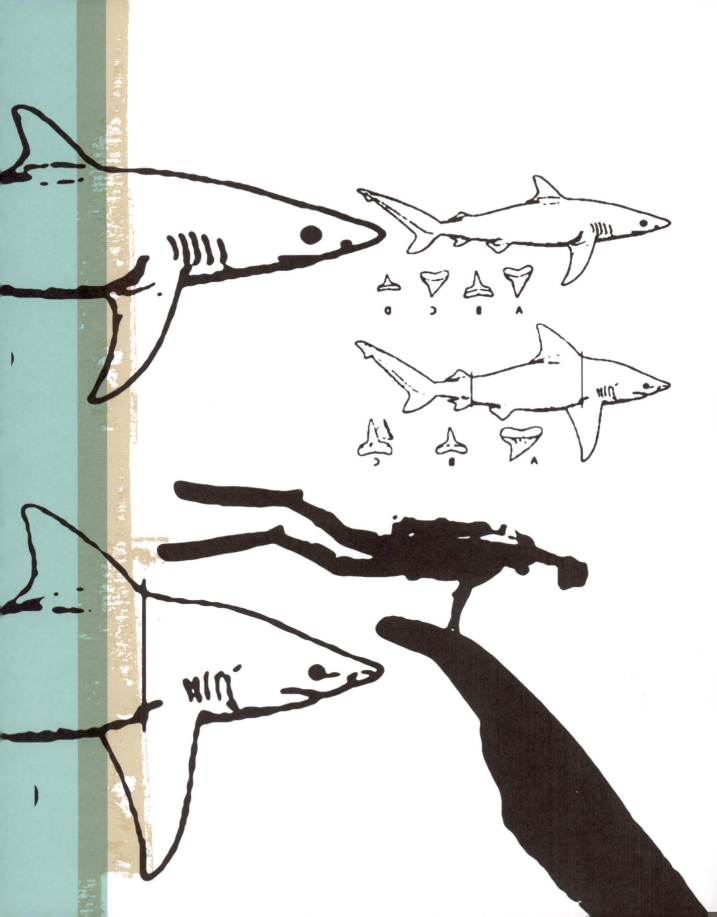

TUBARÕES BRANCOS

Uma das parcerias com Mauro Farias

Já dei a mão pra cigana ler
Pra ver se a coisa muda
Comprei livros de auto-ajuda
Fiz de tudo pra sair do vermelho
Reli Paulo Coelho
Jejuei, meditei, fui pro mato
Trago a pessoa amada em três dias...
Fui numas quatro
Dei sete mergulhos, subi montanha
Minha vida anoiteceu de uma forma estranha
Primeiro porque eu gosto do dia, sempre gostei
A noite me deprime
Agora eu tô assim...
Como uma criança que acorda no meio da noite
Querendo brincar
E os adultos vão caindo de sono e a criança vai,
mete a mão no olho do pai, da mãe e diz:
Acorda! Vamos brincar!
O mundo, meu mundo, tá anoitecendo.
E eu tô lá no Japão, na Coréia... Na Austrália
Nadando em alguma praia de lá...
Com tubarões brancos passando embaixo de mim
Ou então no estranho verão da Finlândia
com o sol brilhando à meia-noite...
E eu sem protetor, de óculos escuros,
Jogando frescobol com a cachorra
Crise? Que crise, porra?!

TEMPORAL
ESPELHO MEU
FIM DE NAMORO
SOLIDARIEDADE
PROJEÇÃO
PELADA
ORAÇÃO AO
LIQUIDIFICADOR

TEMPORAL
O tempo dispara
Enquanto a gente corre
O tempo só pára
Quando a gente morre

ESPELHO MEU
A gente muda
Um pouco cada dia
Mas o resultado
Nem sempre
É o que se queria

FIM DE NAMORO
Às vezes a culpa é dele
Às vezes a culpa é dela
Coração à flor da pele
Às vezes a vida é bela
E frágil como um fiapo
Do bebê ao vovô careca
O príncipe vira sapo
E a princesa pererexa

SOLIDARIEDADE
Amo tudo que se move
And all we need is love
Se o sorriso me comove
Dou dez pra toda nota nove

PROJEÇÃO
Pequenas grandes cenas
No escurinho do cinema
Pipocam na memória
Iluminam nossa história
No escurinho do cinema
Iluminam nossa história
Pequenas grandes cenas
Pipocam na memória

PELADA
Quando chove
Não pinga ninguém
Pelo campinho
Mas quando o sol vem
Chove malandrinho
Descalço, de tênis
Chuteira ou tamanco
Todo mundo quer jogar
Ninguém quer ficar no banco
É... Pelada é assim:
Se cai temporal

ORAÇÃO AO LIQUIDIFICADOR
Liquidificador nosso que estás em meu apê,
Fortificados sejam vossos sucos
Cremes e vitaminas.
Que seja feito à vontade
Cada um terá o seu...
Que isso não seja privilégio só nosso...
Mas de todo o povo...
Também
Ninguém vem ao futebol...
Nem apertando unzinho
Só quando faz sol...
Aí, chove malandrinho

AVE MARINHA
Ave Marinha...
Cheia de graxa, limpai por nós, os pescadores.
Protegei-nos dos coliformes fecais e dos oléos da Petrobras.
Bendito é o surf que o vosso vento, seduz!
Senta, maninha, nas mãos de Deus e agora é hora dos nossos rios e canais.
Afastai-nos de tanta poluição, espíritos do bem, daqui e...
 Do além!

O BEABÁ DO BEBÊ E A BABÁ
Todo mundo baba por um bebê
Todo mundo quer ter uma babá
Todo mundo qué cumê
Todo mundo qué mamá

EQUILÍBRIO
Dê-me sua mão
Depois o seu braço
Me diz o que eu faço
Com o seu coração?

**AVE MARINHA
O BEABÁ DO BEBÊ
E A BABÁ
EQUILÍBRIO
SARADALHAÇA
SAMBA PUTO...
PUTÃO**

SARADALHAÇA

Ela malha 8 horas por dia
Sua igreja é a sua academia
Nem atende o telefone
Faz aula de glúteo e abdome
Taibô, kempô e yoga
E de quebra ainda joga
Quatro horas de tênis
E antes que o treino termine
Faz mais três aulas de spinning
E eu que fico cansado...
Olhando concentrado
Como um jogador de pôquer
Torço pra você me escolher
Pra ser... seu personal fucker
Com caneleira até o joelho
Toda prosa a gostosa, goza,
Se olhando no espelho.

SAMBA PUTO... PUTÃO

Meu chapéu não tem mais aba
E uma hora tudo acaba
Pra quem ficou na lombra
Na sobra, querendo sombra.
Agora cai fora
Larga meu pé!
Só cabe minha cabeça
No meu boné!
Leva a tua cerveja e a inveja daqui
Vai descolar outra carona
Tua empada vai ser dura de engolir
Sem a minha azeitona
Não tenho filho do seu tamanho
Se manda com sua preta
E não se meta no meu rebanho
Vai procurar outra teta
Fiz a feira, a comida e pus a mesa
E você ainda quis me tirar a sobremesa
E ainda reclama trazendo seus amigos
Pra deitar na minha cama
E aquela outra menina,
Você não imagina o que aconteceu
Anda botando banca, cheia de marra
E cuspindo no prato que comeu
Se toca, se vira!
Você fala dos outros
Pra não ver
A própria mentira
Não quero papo
Não tem acordo
Praga de urubu não pega
Em cavalo gordo!
Escorrega, dá linha
Vai de interurbano, mano
A tua distância
Pra nós é um prêmio
E ninguém quer te ver
Nesse próximo milênio

SACANAGEM

Ela vem de carro
Entra na garagem
Ela sobe o elevador
Pensando em sacanagem

Ela quer dançar,
 se divertir...
hoje não tem pra ninguém
Ela vai sair pra comer
Alguma coisa ou alguém
Ela sabe o poder que tem

Ela diz que hoje vai ser feliz
Veste um vestidinho "foda-me, please!"
Ela vai arrasar
Se divertir...
Não vai ter pra ninguém
Ela vai sair pra comer
Alguma coisa ou alguém
Ela sabe o poder que tem

Ela desce o elevador
Entra na garagem
Ela sai de carro
Pensando em sacanagem

EU, MINHA GATA
E MEU CACHORRO

Nesse carnaval eu vou sair...
Vou sair da cidade
Vou pro mato
Dar um tempo
Dar um trato
No meu lado espiritual
Só vou comer você
E arroz integral
Lá no alto do morro
Eu, minha, gata e meu cachorro.
Sinfonias de sapo,
Balé de vaga-lume
Besouro, carrapato
Cheiro de estrume

Quero ver a lua
Trazendo a noite
Como se fosse sua
E atrás de nós três
Vimos o céu vermelho
Onde o sol morreu
Minha gata, meu cachorro e eu.
Banho de rio no frio
Cura uma gripe
Descalço na grama, na lama
Ou quicando num Jipe
No meio da mata
Eu, meu cachorro e minha gata

NÃO FUJA, NEM FINJA
PARA UMA MULHER NINJA

A mulher Ninja não dá mole...
Oferece uma oportunidade.
Mulher Ninja não fofoca... Comenta.
Ninja não mente... Omite.
Mulher Ninja não sente medo... Respeita.
A mulher Ninja não sente ciúme... Preocupa-se.
Ninja não sua... Transpira.
Ninja não fode... Siririca.

POUCAS PALAVRAS

Seu problema era o vocabulário
Falava pouco, era discreto
Tinha o primário precário
E o segundo grau incompleto

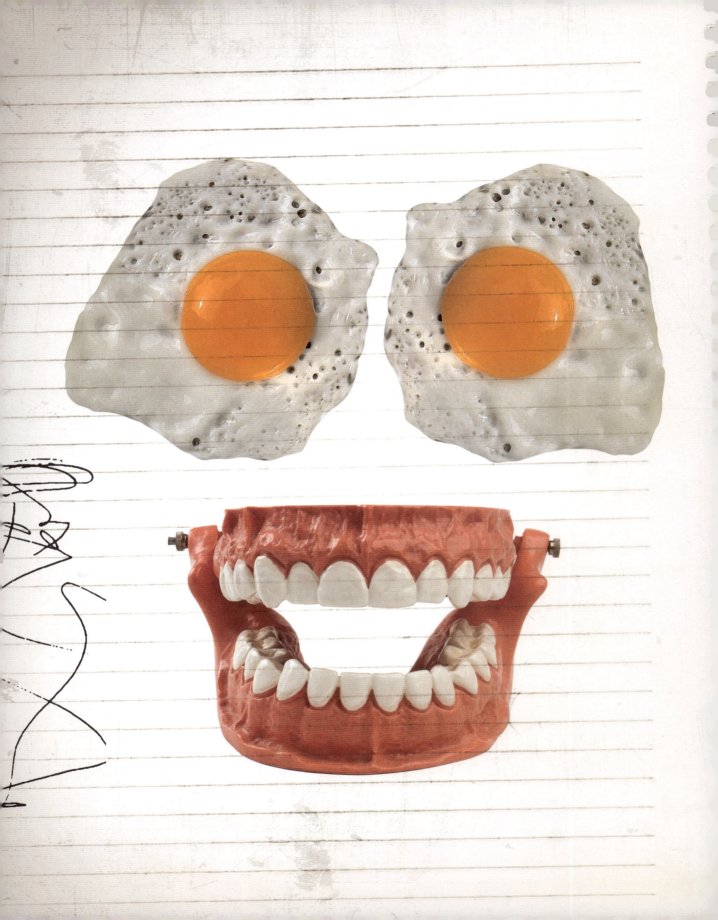

PEQUENAS CENAS PARA GRANDES ATORES

Goooooool

MESA OVAL

CENAS DE PROGRAMA DE ESPORTES POBRE DE ESPÍRITO

[DARSO]
E nosso convidado para falar de futebol aqui na nossa puxadinha redonda... é essa figura maravilhosa: Feitosa. Um amante do futebol. Fala, Feitosa!

[FEITOSA]
Boa-noite, senhoras e senhores telespectadores... Boa-noite, pessoal da mesa e meu boa noite também para esse auditório maravilhoso! Agora respondendo à sua pergunta sobre amante do futebol... Eu estive pensando...

[DARSO]
Desculpe, Feitosa, mas não pensa muito não, que temos pouco tempo. Se concentra só nas respostas, curtas e objetivas pra fluir melhor, tá legal?

[FEITOSA]
Eu quero crer que sou um dos maiores amantes do futebol!

[DARSO]
Boa! Viu como é fácil? Já respondeu a primeira pergunta. É verdade que você torce pra qualquer time?

[FEITOSA]
Eu amo o futebol independente de quem esteja jogando. Choro em nove entre dez jogadas de efeito.

[DARSO]
Isso é efeito colateral, hein, Feitosa?! Aqui também com a gente a figura simpática de Magdalena Rajaganalha! É verdade que Magdalena foi pro mar e nos deixou a ver navios?

[MAGDALENA]
Eu não entendo por que o jogador brasileiro não chuta a bola pra frente. Por isso que não sai gol. O cara tem que chutar pro gol, não interessa se está longe. Eu sou contra passes laterais.

[DARSO]
Ela é uma graça, muito meiga!

[FEITOSA]
É bom que seja engraçada, porque bonita não é mesmo!

[MAGDALENA]
Como é que a bola vai entrar se ele não chuta! Eles têm mania de ficar arrumando a bola, fazendo firula... Parece mulher!

[FEITOSA]
O diretor ou alguém da produção deve tá comendo essa mulher, não é possível!

[DARSO]
Calma, Feitosa, é bom saber o que a mulher pensa...

[FEITOSA]
É como se eu fosse tecer comentários sobre tricô... "Ah, o ponto de cruz é superior ao trançadinho porque arremata melhor." Sabe? Não dá! Não é orgânico...

[MAGDALENA]
Por que quando aquele moreninho deu uma cotovelada naquele magrinho foi falta e quando o baixinho chutou o pretinho não foi? É racismo?

[DARSO]
Corta o microfone dela, ô Heleno! Mas deixa essa coisinha no ar, porque a família dela toda assiste ao programa e ajuda no Ibope.

[MAGDALENA]
Por que não tem um jurado popular ali do lado do gramado para decidir essas coisas? Por que é que não tem um vídeo cassete para verificar as dúvidas? Hein? Não é uma boa idéia? Ou um DVD? Como ninguém tinha pensado nisso?

[FEITOSA]
Dá vontade de dá-lhe uma raquetada no pé do ouvido...Puta quius pariu!...

[DARSO]
(TAPA O MICROFONE)
Corta o microfone dele também... Calma, Feitosa, isso é comida da diretoria...

[FEITOSA]
Será que não tem um programa de vôlei, chicotinho queimado ou pica bandeira pra ela comentar?

[MAGDALENA]
E despertador? Por que não tem? Se o juiz quiser, ele rouba o tempo. Atrasa ou acelera!

[FEITOSA]
Daqui a pouco ela vai querer uma ampunheta gigante de quarenta e cinco minutos...

[DARSO]
Não liga não, Feitosa, faz de conta que ela não tá nem aí... É café com leite... Só pra ter uns peitos no programa, entende? É um favor que a gente devia ao Ismael, "tendeu"? (SUSSURRA). Ela quer fazer novela.

[MAGDALENA]
Eu sei chorar a hora que eu quiser, entendeu? Se fosse jogador eu chorava dentro da área pro juiz dá pênalti...

[FEITOSA]
Ai, meu cacete!

[DARSO]
Calma, Feitosa! Vamos falar do juiz...

[MAGDALENA]
Naquela hora, se não tivesse esse tal de impedimento, saía um gol. Esse negócio de impedimento é ridículo. Fica muito difícil do gol sair.

[DARSO]
Fecha no peito dela e corta o áudio, Heleno!

[FEITOSA]
Eu vou é cortar o pescoço dela, estou a ponto de *suicidá-la*.

[MAGDALENA]
Eu acho que o jogador brasileiro tinha que pagar pra jogar fora do Brasil. Eles vão lá pra fora, se enchem de dinheiro, e ainda ensinam os caras a jogar. Depois voltam cheios da grana, marrentos e bichados.

Cortam o áudio e ela continua falando até o final do programa mesmo sem áudio.

[DARSO]
Mas, depois dessa vaca fria... Feitosa, mesmo quando o gol é contra o próprio time, dá vontade de torcer?

[FEITOSA]
Dá vontade de torcer é o pescoço dela! O interessante é que eu não tenho "próprio time". Eu torço pra qualquer um que mostre um pouco da magia do bom futebol. Meu time é o futebol, não importa a cor da camisa, nem da pele... Não importa o credo, nível social ou sexual... O importante é o nível do futebol!

[DARSO]
Então você nem chega a sofrer durante os jogos.

[FEITOSA]
Sofro pra burro antes da partida começar, porque eu ainda não sei quem é o melhor... Mas depois que começa é só reparar nas melhores jogadas dos dois times e torcer pra lá e pra cá. E a minha preferência vai oscilando durante o jogo. Tá certo?

[DARSO]
Me desculpe, Feitosa, se eu insisto... Mas, deve haver um time com que você se identifique mais. Como é isso na sua cabeça?

[FEITOSA]
Me identifico sempre com o melhor. Eu dou prioridade ao coletivo de um modo individual.

[DARSO]
Carne de primeira? Picanha, chuleta e fraldinha? É lá no açougue "O Boi Que Ri". Fale com o Juari, ele tem tudo pra pagode, macumba e churrasco. Embora o Juari seja da igreja dos Frangélicos.

Magdalena passa uma placa com o nome do açougue, por trás de Darso e Feitosa.

[DARSO]
Você falou em pneus e balanceamento? Ora, a "Orora Pneus" tem tudo para o seu carro! Se o seu problema é escapamento ou ventoinha caída, passe lá! Fale com o Péricles e ainda ganhe de brinde uma onça de pelúcia que acende os olhos quando você frear. "Orora pneus". Nossa paixão é servir bem! Vinte e quatro horas no ar. Fale com o Péricles. Mesmo se ele estiver dormindo, terá prazer em atendê-lo.

Magdalena passa por trás um cartaz com pneus.

[DARSO]
Voltando ao papo, Feitosa... E quando criança, você já era assim?

[FEITOSA]
Ah, não, claro que não... Eu era bem menor e torcia pro Santos. Até o Pelé parar de jogar. Depois torci pro Cosmos. Já fui Botafogo... Aí teve aquele problema no joelho...

[DARSO]
No seu joelho, Feitosa?

[FEITOSA]
No meu não, no do Garrincha, coitado! O Garrincha me marcou demais e ninguém conseguia marcar ele... Fiquei torcendo durante muito tempo também pra Elza Soares.

[DARSO]
Elza sempre bate um bolão. "Ai, meu Deus que bom seria... se voltasse a escravidão eu pegava essa mulata e botava no meu coração."

Entra uma mulata sambando, de biquíni de escola de samba, por trás da bancada.

[DARSO]
E é nesse clima de alegria que continuamos o papo gostoso com Feitosa, "O amante do futebol".

[LUIZ]
Pois bem, Feitosa, diga aí: pra quem é que... só você torceu?

[FEITOSA]
Ainda menino fui Fluminense com Rivelino, depois Flamengo no tempo do Zico. Já fui Bahia de Bobô e Beijoca. Palmeiras do Edmundo. São Paulo do Raí. Cruzeiro do Tostão. Atlético do Rei Reinaldo... PSV e Barcelona do Romário... Internacional de Milão, do Ronaldo... Não dá pra torcer pra um time só. Tá certo?

[MAGDALENA]
Você que é boleirão diz aí: é verdade que alegria de jogador é botar o bicho na mão da patroa?

[FEITOSA]
Não só o bicho, como...

[DARSO]
Estamos encerrando nosso programa hoje...

[MAGADALENA]
Ué, eu não vou falar mais nada não, é? Nem falei o nome da peça que eu queria fazer...

[DARSO]
Um dia você fala, meu anjo. Obrigado, Feitosa! Obrigado, Magdalena, e semana que vem daremos a receita de um pavê, muito gostoso, que a tia Clara me ensinou. Boa-noite!

Eles saem, deixando Magdalena com o áudio dela vazando, enquanto escurece o estúdio.

[MAGDALENA]
Não foi isso que o Ismael me prometeu! Ninguém me perguntou meus planos, meus projetos... Não deixei telefone pra contato... Pô, só falei de futebol! Que saco! E olha que eu nem vi o jogo, hein?!

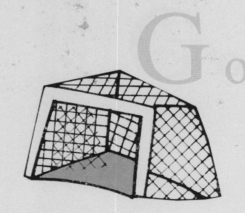

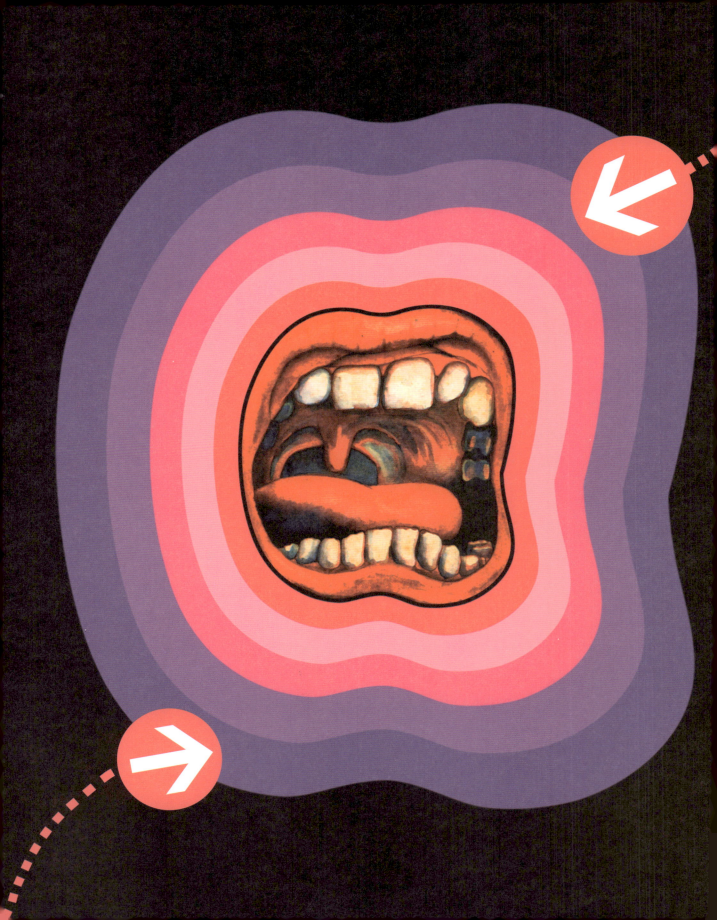

JOGO DA VERDADE

[LOURENÇO]
Estávamos em Mauá. Éramos cinco. O dono da pousada tinha ido até o Rio de Janeiro. Nós jantamos e nos juntamos em volta do vinho e da lareira. O temporal que desabava aquela noite fez com que galhos derrubassem os fios, apagando as luzes. Estávamos com um lampião e uns cotocos de vela. Era aniversário do Marcelinho. Dezenove anos. Éramos da mesma turma do colégio. Me lembro que a Cléo começou o papo... Eu senti que ia dar merda...

[CLÉO]
Olha, Lourenço, eu vou fazer uma pergunta... mas se você não quiser, não precisa responder... Eu não quero que você fique magoado comigo.

[LOURENÇO]
Que isso, Cléo?! Pode perguntar o que você quiser... Afinal, isso é um só jogo, uma brincadeira, e eu não tenho motivos para mentir ou me chatear... Mas, veja lá o que você vai me perguntar, pra não se arrepender depois, hein?

[CLÉO]
Olha, Lourenço, eu falo isso porque já fui sua namorada, e sei como você é na intimidade... Como você me cercava, aquela coisa do ciúme, das queimaduras de cigarro... Lembra?

[LOURENÇO]
Isso não tem nada a ver. Eram outros tempos. Hoje eu me trato, faço terapia...

[HELENINHA]
Só se você se curou nesses últimos três meses, pois quando me namorou, você era muito ciumento... Saia, por exemplo, só se fosse com hábito de freira, né, Lourenço?

[LOURENÇO]
Ah, cala a boca, Heleninha! Quem vai fazer a pergunta é a Cléo. Não dá palpite não!

[CLÉO]
Tá vendo como você é estouradinho?!

[LOURENÇO]
Estouradinho é teu cuzinho!

[MARCELINHO]
Que isso, Lourenço? Ela só tava...

[LOURENÇO]
Aí, Marcelinho, por que você não vai tomar no cuzinho também, hein?!

[MARCELINHO]
Essa tua reação é de ciúme puro...

[LOURENÇO]
Isso não tem nada com ciúme, ô Mané... Estourado é uma coisa, ciúme natural é outra coisa, eu sou como um galo, um peru. Tenho ciúme de outro galo, de outro peru... Numa coisa natural, entende?

[ÉLIDA]
(Cheia de hematomas)
Natural?! Você acha natural os coices de mula que você já me deu?

[LOURENÇO]
Élida, cala a boca você também... Nós terminamos semana passada, Élida. E a pergunta é a Cléo que vai fazer.

[CLÉO]
A minha pergunta é: Lourenço, você se incomodaria se a sua esposa, fosse à praia com um biquíni fio dental cavadão?

[LOURENÇO]
Não, claro que não! O que é bonito é pra se mostrar, né? Gente, vamos brincar de outra coisa?

[INSPETOR]
Você estava alcoolizado?

[LOURENÇO]
Não, não... Tinha tomado dois copos de vinho pra acompanhar o macarrão...

[INSPETOR]
Havia ingerido alguma substância alucinógena ou outro tipo de droga?

[LOURENÇO]
Marcelinho queria colocar ácido no copo das meninas sem elas saberem. Eu disse: É perigoso, essas minas não têm cabeça pra isso, bota no meu. Depois disso só me lembro deles rindo de mim e me sacaneando com essa porra de ciúme... Fui até o bar e apanhei embaixo do balcão a espingarda e entrei na sala atirando e berrando: Eu não sou ciumento! Eu sei me controlar, seus putos! Marcelinho tombou primeiro... Depois dei nos peitos da Élida e na orelha da Heleninha. A Cléo caiu de bala perdida. Quando vi, ela já estava no chão. Eu ainda a peguei e falei: Você não, Cléo! Isso é sacanagem! Mas ela não ouvia mais nada. Tombou a cabeça pro lado como nos filmes. Eu falei: Fodeu!

]INSPETOR[
Você saiu do domicílio? O que você fez!

[LOURENÇO]
Fiz cagada. Fui ao banheiro. Dei uma mijada e vi que o meu pau estava sujo de sangue... Pensei: porra, será que eu atirei no meu pau e nem senti? Depois vi que o sangue era da minha mão. Sangue da Cléo. Lavei as mãos. Sacudi e guardei o pau. No espelho em cima da pia, no meio da minha cara, tinha um olhar frio e desesperado como o de um soldado americano. Sempre que eu como fondue eu me fodo. Tenho cada pesadelo da porra!

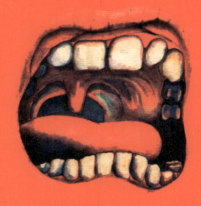

MARIA CÂNDIDA E VALÉRIA

As duas viviam pra cima e pra baixo no elevador do prédio 302 da rua Viveiros de Castro, em Copacabana. No mesmo prédio em que morava, na cobertura, Paulo Cecéu. Uma paca famosa, crítica, e jornalista que recebia, entre outros garotos, artistas de novela e figurinhas carimbadas para almoços, jantares, lanchinhos e surubas.

[MARIA CÂNDIDA]
Ó, Valéria, assim, dizer que vi não digo, porque não vi! Mas, quase vi... Ele entrou no elevador e eu corri feito uma louca, só que não deu tempo de entrar... Então, fiquei vendo ele subir pela janelinha da porta... Tava com um corte curto de cabelo, com aquele topete "alça de boquete", sabe? E, claro, óculos escuros pretos, Prada. Vestia uma camiseta também preta, tipo "vem cá meu puto", aper-tadinha, e um jeans básico stonado com um volume no bolso...

[VALÉRIA]
Pau?

[MARIA CÂNDIDA]
Acho que era um drops, você acredita? Coxas, joelhos e panturrilhas... E um mocassim ferrugem de veludo! Aiii! Eu quase me rasguei, Valéria!

[VALÉRIA]
Maria Cândida, não olha agora, mas tá chegando uma visita para a cobertura... E é o cara da televisão. Aquele ator... Como é mesmo o nome dele? Cláudio Cardoso... Felipe Cardoso...

[MARIA CÂNDIDA]
Pedro Camargo! Noossa!

[VALÉRIA]
Muito mais bonito pessoalmente!

Chega Pedro Camargo, que faz sua segunda novela. Como ator ele é uma merda. Mas é quase lindo e chora com facilidade.

[MARIA CÂNDIDA]
Oi!

[PEDRO]
Olá! Como vão vocês?

[MARIA CÂNDIDA]
Vamos de elevador... E com você! Eu me chamo Maria Cândida. Ela é a Valéria.

[PEDRO]
Prazer....

[MARIA CÂNDIDA]
Prazer, mais tarde... Agora, encantada.

[VALÉRIA]
Grande, Pedro! Você é um dos maiores Pedros que eu já conheci!

[MARIA CÂNDIDA]
Pedro Camargo, que legal te ver aqui no nosso prédio.

[VALÉRIA]
Você é o fã de nós duas, sabia?

[PEDRO]
Ídolo, né?

[VALÉRIA]
Fã mesmo! Somos fanáticas! Talento!

[MARIA CÂNDIDA]
O que tá lento é esse elevador. Ó... Chegou! Entra, Pedro.

[PEDRO]
Ah! Brigado. Aperta a...

[OS TRÊS]
Cobertura!

[PEDRO]
É que às vezes venho visitar um amigo que...

[MARIA CÂNDIDA]
A gente tá sabendo... É o Cé-céu. Paulo Cecéu, né? Tá sempre chegando garoto pra visitar o Cecéu. Tudo ator. Tudo ator fortinho. Eles estudam na academia de atores, né?

[PEDRO]
É que temos que cuidar do nosso instrumento de trabalho, né?

[VALÉRIA]
Eu sei tocar no instrumento... De sopro também.

[MARIA CÂNDIDA]
Eu sei chorar. Pra ser atriz tem que chorar, não é, Pedrão?

[PEDRO]
Não necessariamente...

[MARIA CÂNDIDA]
É sim... É só ter cena de choro na novela que ganha nota 10 no jornal no dia seguinte. Eu acho meio pobre adulto chorando com bocão... Meleca.

[PEDRO]
Às vezes a personagem pede...

[VALÉRIA]
Tu é muito mais bonito no pessoalmente do que na televisão, sabia?

[PEDRO]
Obrigado... É o que as pessoas me falam. Acho que a televisão achata, envelhece, estressa e enfeia as pessoas. E você é gentil e muito observadora.

[VALÉRIA]
Gentil é o caralho, Pedro! Tu é comedor legal. Joga uma tarrafa de malha fina, né não?

[PEDRO]
Malha fina?! Como assim? Não tô entendendo.

[VALÉRIA]
O pior é que você é fã de todo mundo lá em casa, sabia? Te acompanho, Pedro... Tu é meu fã desde pequenininha.

[PEDRO]
Eu agradeço o carinho de vocês...

[VALÉRIA]
Chegou no dez. É o nosso.

[MARIA CÂNDIDA]
Peraí um pouquinho, Val. E beijo técnico? Como é beijo técnico? Tem língua com língua, chupação?

[PEDRO]
Não, gente, às vezes pode acontecer de rolar alguma atração entre...

[VALÉRIA]
Atração é o cacete! Eles metem legal. Aí casa, tem filho... Depois separa, vai pra outra... Faz filho...

[PEDRO]
Ok, meninas, ok. Fechem a porta porque eu tô meio atrasado...

[VALÉRIA]
Posso te dar um beijo técnico?

[PEDRO]
Não. Peraí, gente. Falando sério. Eu tenho que ir...

[MARIA CÂNDIDA]
Você se importa se a gente se beijar?

[PEDRO]
Como assim? Vocês duas se beijarem?

[VALÉRIA]
É... Beijar essa sua boca gostosa...

[PEDRO]
Ok, pessoal, agora já chega!

[VALÉRIA]
Esse cara é piranha! É comedor legal, Maria Cândida.
Maria Cândida aperta a emergência e apaga a luz. As meninas atacam Pedro Camargo, abraçando-o em sanduíche.

[PEDRO]
Não façam uma brincadeira dessas que eu sou claustrofóbico!

[VALÉRIA]
Tu é gostoso! Vou rasgar um pedaço da sua roupa pra guardar de recordação.

[PEDRO]
Nãããoo! Porra, você rasgou minha blusa... Sua pu... Ai, não morde não! Que isso?! Você tá me arranhando! Tira as unhas das minhas costas. Poorra!

[MARIA CÂNDIDA]
Essa sua nuca que me deixa maluca...

[PEDRO]
Ai! Porra, pára com isso! Me solta, caralho! Ai, filha-da-puta, que isso?! Você arrancou um pedaço da minha orelha, poorra! Sangue?!

[VALÉRIA]
Derruba, que eu monto... Cata as pernas... Isso... Arrasta! Dá-lhe uma baiana...

[PEDRO]
Socorro! Que isso, porra?! Tô sangrando muito...

[MARIA CÂNDIDA]
Eu amo seu jeito sacana de sorrir. Vou arrancar um pedaço dessa beiçola.

[PEDRO]
Pára com isso! Filhas-da-puta. Me cortaram... Minha boca! Eu tô sangrando... Socorro!

[VALÉRIA]
Deixa eu pegar um chumaço dessa franja escovada, seu putinho progressivo! Tá gostoso? Não pula, senão arranco tua vara, ô mané!

[PEDRO]
Aiiiii! Nããã... cun... chigo... expirar... Aiii...

[MARIA CÂNDIDA]
Mete o dente na sobrancelha dele, Valéria.

[VALÉRIA]
Expressivo pra cacete!

[PEDRO]
Chuas loucas! Quero chair daqui... Xocorro... Ché-Chéééu! Aiiii!

[VALÉRIA]
Vou pegar um naco dessa bochecha... Eu adoro a voz dele.

[PEDRO]
Beu Deux! Icho não fode istar acontexendu... Aiiii!

[MARIA CÂNDIDA]
Fica quieto, filha-da-puta de bonito!

[PEDRO]
No pau, não. No pau, não! Icho é extupru... Eu não acreditcho... Vou ter um trocho!

[VALÉRIA]
Você é poderoso na televisão, aqui não! Estamos montadas em tu! Cabelo sedoso, seu seboso!

[PEDRO]
Us cavelus dão. Nus cavelos... Aaiiii!

[MARIA CÂNDIDA]
Olha esses tufos de cabelos que eu peguei!

[PEDRO]
Que loucura, meu Deus, eu estou sangrando... Muito...

[MARIA CÂNDIDA]
Eu sempre quis ver seu pau. Xô vê.

[PEDRO]
Olha, os pentelhos... Aiii. Putaquiupariu enganxou...

[VALÉRIA]
Bota essa piroca dura, seu merda.

[PEDRO]
Auuu!

[MARIA CÂNDIDA]
O saco estica... Mas a piroca embutiu.

[VALÉRIA]
Tu é brocha, Pedro Camargo?

[PEDRO]
Ai, meu caraaaalho! Vou desmaiar... Ai, que loucura... Ché- chééééuooo, xocorro!

[VALÉRIA]
Morde a língua... Eu fico louca com o jeitinho dele falar.

[PEDRO]
Num faix xu nom... Xocorruuu!

[MARIA CÂNDIDA]
Vou depilar com os dentes as tuas axilas e guardar como pentelho! Eu te adoro, Pedro! Gosto do seu jeito Camargo de ser!

[PEDRO]
Xocooôrro! Cheé-xéu! Xês tão me matano...

[VALÉRIA]
Parou?

[PEDRO]
...

[MARIA CÂNDIDA]
Parou.

Maria Cândida e Valéria comentam mastigando pedaços de Pedro, ainda em cima dele:

[MARIA CÂNDIDA]
Gostoso. Picante. Picudo! Olha o sacão dele!

[VALÉRIA]
Pedro é sangue. Sangue quente... Sangue bom! Olha o coração de Pedro com o Camargo de fora.

Valéria aperta de novo o botão de emergência fazendo o elevador parar entre um andar e outro. Elas arrastam Pedro e empurram o corpo no poço do elevador.

[VALÉRIA]
Deve ter caído em cima do Thiago Fragoso e do Bruno de Cica.

[MARIA CÂNDIDA]
Não esquece de jogar criolina pra disfarçar o cheiro. Outro dia a síndica reclamou, e eu falei que devia ser mijo do cachorro do Cecéu.

Elas se arrumam e se limpam ainda mastigando pedaços do ídolo.

[MARIA CÂNDIDA]
Me decepcionei um pouco, eu tinha outra imagem dele. Tá passado. Tá Camargo demais pro meu paladar...

[VALÉRIA]
Gosto não se discute!
O elevador pára no térreo.

[MARIA CÂNDIDA]
Vai subir... Alguém vai?!

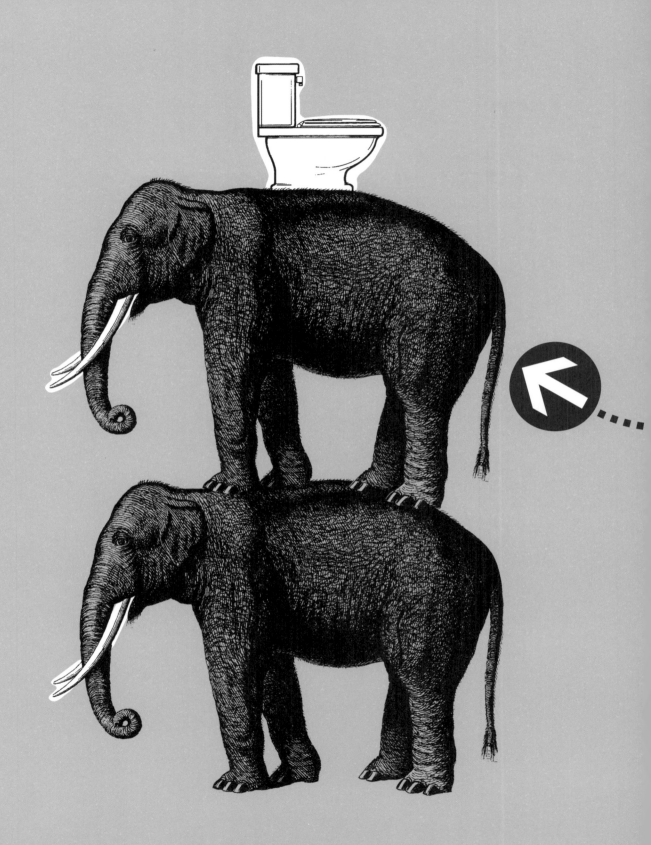

OS ELEFANTES

Apesar de ser um empresário bem-sucedido, Dorfei andava macambúzio, taciturno, sorumbático. Não havia um motivo aparente, já que os negócios e o casamento iam relativamente bem. Até que, por sugestão de sua mulher, começou a fazer terapia. Ele sempre foi resistente à idéia, dizendo que não estava maluco, que terapia era coisa de baitola, que era o mesmo que pagar um amigo pra escutá-lo etc... Mas acabou cedendo e procurou a doutora Leda. Nas primeiras sete sessões, Dorfei não falava nada. Respondia mo-nossilabicamente sobre seu relacionamento com Luciana, sua infância e adolescência. O passado incomodava Dorfei. Foi o que a doutora Leda constatou.

[DOUTORA LEDA]
Depois de muita resistência, Dorfei, hoje você finalmente resolveu botar pra fora! Você nunca botou pra fora na minha frente... Mas hoje eu quero ver o tamanho desse bicho-papão que você tem escondido aí.

[DORFEI]
É que eu sou tímido. No começo, não sabia se queria me abrir e botar pra fora... Pra que você desse uma espiada.

[DOUTORA LEDA]
Você está bloqueando. Isso não é vôlei! Você está bloqueando suas emoções. Vai te dar gases, prisão de ventre, disenteria. Essas coisas encruadas se transformam em espinhas, furúnculos, sabia? Acaba estourando uma hemorróida, o saco cresce. Você me entende? Que tal falar um pouco mais sobre o começo de sua vida profissional, Dorfei?

[DORFEI]
Eu era um palhaço...

[DOUTORA LEDA]
Não se critique! Não se menospreze!

[DORFEI]
Eu trabalhava no circo... Era ajudante de palhaço.

[DOUTORA LEDA]
Ah! Ok... Ok. Não há nada de mais em ser ajudante de palhaço, ok!?

[DORFEI]
Eu não fazia só isso, também trabalhava com outras merdas.

[DOUTORA LEDA]
Uau! Dorfei! Que interessante. O que você mais você fazia no circo? Não me diga que era trapézio? Eu amo trapézio. Amo os trapezistas, com aquelas calças estilo "marca piroca", com aquelas bundas trancadas. Você fez trapézio, Dorfei?

[DORFEI]
Com os elefantes!

[DOUTORA LEDA]
Trapézio com os elefantes?!

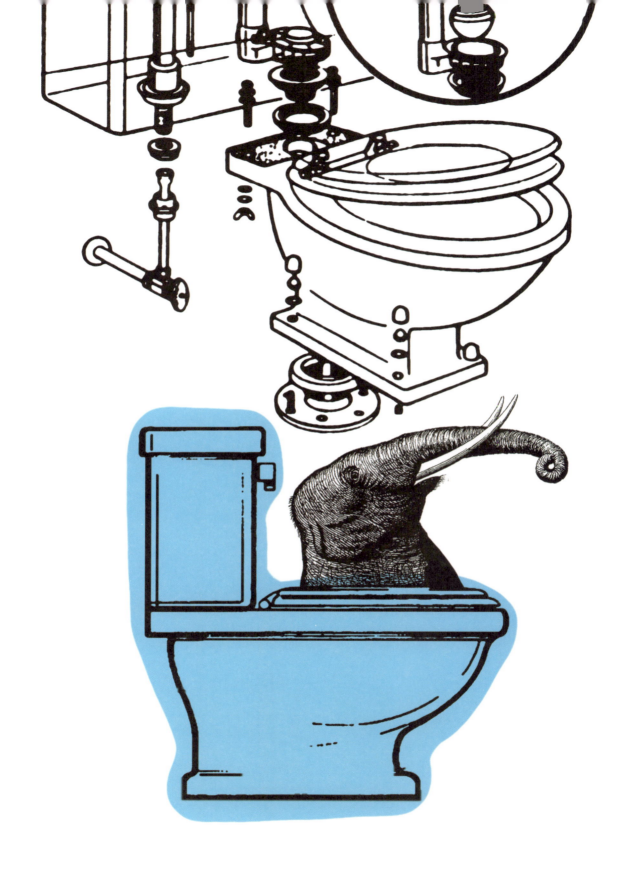

[DORFEI]
Não! Trabalhava com elefantes, cavalos e outros animais.

[DOUTORA LEDA]
Caceta! Desculpe, mas eu estou chocada! Isso deveria ser motivo de orgulho! Eu admiro a liberdade e independência da vida cigana... Os domadores com os bíceps de fora, aquelas coxas definidas, estalando chicotes na anca dos animais suados e rosnando... É preciso ser muito macho pra encarar todas essas feras e fazer elas te obedecerem. Fico imaginando como você deve encarar uma mulher. Eu sinto que você é um dos poucos que sabe domar uma mulher.

[DORFEI]
Não... Não é isso. Eu tenho pavor de animais, e um certo medo e fascínio por mulher.

[DOUTORA LEDA]
O que te incomoda, Dorfei? Fale dos seus primeiros dias no circo... Esse assunto excita a minha... curiosidade.

[DORFEI]
Eu tinha um trabalho de merda! Entrava depois dos elefantes e limpava a merda deles! Comecei na merda mesmo! E eram oito elefantes! Eles cagavam e eu recolhia... Cagavam, eu recolhia... Limpava aquelas montanhas de cocô!

[DOUTORA LEDA]
Sim... Não era tão charmoso assim. Mas era um trabalho digno!

[DORFEI]
Digno de pena...

[DOUTORA LEDA]
Sim, mas quando foi a tua virada de vida? O que te fez ser um bem-sucedido empresário baiano?

[DORFEI]
Fui saindo da merda aos poucos... Desatolando um pé de cada vez. Até que um dia, olhando pra aquela montanha de merda, aquela merda me olhando, me veio uma luz! Pra amenizar o futum, eu cobria as montanhas de merda com saco plástico e notei então que nos dias seguintes, os sacos flutuavam e grudavam no teto do circo. Pensei comigo: Tenho que reverter essa merda. Aí fui fundo no cocô. Mergulhei de cabeça na merda. Estudei como transformar a merda em gás. E comecei a engarrafar o gás dessa merda... Hoje abri meu negócio na Bahia e vendo gás engarrafado para táxis e carros de passeio pelo Pelourinho.

[DOUTORA LEDA]
E o circo?

[DORFEI]
Tá bem... Tá ótimo! Exportei!

[DOUTORA LEDA]
Você me surpreende... Exportou pra onde?

[DORFEI]
Canadá... Mas viajam o mundo todo.

[DOUTORA LEDA]
Que linda sua história, Dorfei. Como chama o circo?

[DORFEI]
Cirque du Soleil! Ei... Calma! Respira fundo... Eu vou buscar uma água pra senhora.

A FERA DA MIGUEL LEMOS

Coisas de Copacabana.
Nos anos setenta, Rubens foi lateral direito do "Lá Vai Bola", time de futebol de areia. Hoje é o tal do beach soccer. Rubens chegou a treinar no Botafogo e só foi cortado porque não quis cortar os cabelos. Rubens, a fera da Miguel Lemos.

CENA 1/ TAKE: Hum...
Numa tarde morna, eu matava uma gelada e a saudade da turma, na mesma esquina, no mesmo bar e tomando o mesmo chope. Lá pelas tantas, já meio tonto, perguntei pelo Rubens, que também gostava de virar uma caneca. Silêncio gritante até que Pirro falou:

[PIRRO]
Agora a caneca do Rubens é no Frei Caneca... Ele tá preso!
E deu detalhes coloridos. Começou assim: Rubens chegara de viagem e...

CENA 2 / TAKE: IT EASY!

[MÃE]
Que bom que você chegou, precisamos ter uma conversa de homem para homem.

[RUBENS]
 Aconteceu alguma coisa com o papai?

[MÃE]
Não, seu pai continua vendo televisão. É que você sumiu...

[RUBENS]
Como "sumiu"?! Passei o feriadão em Paquetá com a Glória.

[MÃE]
Pois é, com essa crise... Nós alugamos seu quarto para um ótimo rapaz. Carinhoso, educado, bons dentes! Cleyson é o nome dele! Ele trouxe uma TV enorme pra ficar enquanto estiver aqui. Seu pai amou, tá virado. Tem dois dias que ele só levanta pra urinar ou dar uma cagadinha. Você dorme na sala por enquanto, tudo bem?

[RUBENS]
Que isso, pirou, mãe?! Que Cleyson é esse?!
Cleyson, de robe bordô, entra na sala de sola.

[CLEYSON]
Como vai, Rubens? Sua mãe me falou muito de você. Adorei a aparelhagem de som... Seu paraibão é ótimo.

[RUBENS]
Não! O som é como escova de dente, cada um tem que ter o seu! Não toca no meu som e nem nos meus cds!

[CLEYSON]
Sorry, mas aluguei o quarto com som. Tá apalavrado... Eu sou transparente!

[MÃE]
Ele é transparente e a coisa tá preta, filho, temos que fazer sacrifícios...

[CLEYSON]
Dá pra me ceder um cigarro dos seus... Mãe?! Será que eu posso "te chamá-la" de "mãe"?

[MÃE]
Claro, filho!

[RUBENS]
Mãe?!... Filho?! E o senhor, pai, não fala nada?

[PAI]
Fala com sua mãe!

[CLEYSON]
Bom... Mammy, acho que vou tomar um bainho antes da novela.

[MÃE]
Vai filho, depois eu levo a toalha.

[CLEYSON]
Posso "te chamá-la" de Mammy, né?

[RUBENS]
Isso é um pesadelo, eu não estou acreditando.

Rubens sai batendo a porta. O tempo passa. O cinzeiro do velho enche. A água sai pela porta do banheiro, junto com Cleyson envolto em fumaça e numa toalha felpuda.
Batem na porta de casa. Cantarolando "The hills are alive", Cleyson abre a porta para Rubens. Rubens bufa. Entra na sala e vê uma outra família acampada no carpete e sofá. Uma mulher dá o peito para o bebê e seu marido dá a grana para Cleyson, que entrega uma parte para a mãe.

[MÃE]
Filho, você estava demorando...

[RUBENS]
Demorando?! Eu só fui espairecer um pouco na praia.

[PAI]
Tá espairecendo demais!

[RUBENS]
O quê você falou, pai?!

[PAI]
Fala com sua mãe!

[RUBENS]
Eu vou botar etiqueta com meu nome no mel, no iogurte, no requeijão e nas três bananas da geladeira... Não quero nem saber.
A mãe penteia os longos cabelos de Cleyson. Ainda de toalhas, ele parece o avesso do Príncipe Valente.

[MÃE]
Depois da novela vou distribuir senhas para uso do banheiro em horário comercial, apenas seu pai tem cartão azul, porque ele tem o intestino delgado frouxo.

[RUBENS]
Isso não tá cheirando nada bem. Muita gente estranha.

[MÃE]
Está entrando grana, filho. E o Cleyson disse que essa área não devia ficar improdutiva.

[CLEYSON]
Nós... Eu, mamãe e papai, estamos assentando vários sem-teto.

[RUBENS]
Sem teta você quer dizer, né? E que porra é essa de mamãe e papai? Vocês estão malucos?!

[CLEYSON]
O senhor se importa de eu "te chamá-lo" de papai?

[PAI]
Fala com sua mãe!

[MÃE]
Rubens, meu filho, se conseguirmos subalugar o tapete da sala, poderemos alugar o quarto do Cleyson pra você ficar lá outra vez, entende?

[RUBENS]
Tudo bem que eu não enxergo direito, mas eu não tô te reconhecendo, mãe.

[MÃE]
Eu tenho mais uma coisa pra dizer...

[RUBENS]
O quê?!

[MÃE]
Eu não sou sua mãe!

[RUBENS]
Pai!?

[MÃE]
Também não sou seu pai!

[RUBENS]
Não, eu sei... Digo... Pai, o que você me diz?

[PAI]
Fala com a sua mãe!

Batem na porta. Cleyson abre e entram umas seis pessoas.

[MÃE]
Cleyson alugou a sala para os vizinhos assistirem ao último capítulo da novela.

[CLEYSON]
Quem quiser pode comprar o pacote para ver as olimpíadas... Tem dois lugares no sofá e um no braço da poltrona.

CENA 3/ TAKE IT OR LEAVE IT! / EPÍLOGO:
Cleyson ainda conseguiu recolher dois reais de cada morador antes de Rubens empurrá-lo do oitavo andar. O caso ficou conhecido como "Rubens, a fera da Miguel Lemos".

Caem os créditos:
VISA
AMERICAN
CREDICARD
ACEITAMOS ATÉ CARTÃO DE VISITA

ESPORTE E SAÚDE

DICAS QUE NÃO CADUCAM

OS 10 SURFISTAS MAIS INFLUENTES DA HISTÓRIA

Rosaldo, meu amigo das antigas, foi, entre outras coisas, editor do jornal NOW e fez o filme TOW-IN SURFING, sobre ondas monstruosas. Pedi a ele que fizesse um TOP TEN dos mais influentes surfistas da história. E dos melhores picos de ondas do planeta.

[01] DUKE KAHANAMOKO
Havaiano considerado o Pai do surf moderno. Campeão olímpico de natação, foi graças a ele que o surf se espalhou pelo mundo nas primeiras décadas do século XX.

[02] TOM BLAKE
Americano criador da quilha nas pranchas de surf. Sua invenção possibilitou que os surfistas trocassem de direção nas ondas e fizessem as primeiras manobras.

[03] PHILL EDWARDS
Americano e rei do estilo. Foi o primeiro surfista a surfar em Pipeline e até hoje é reverenciado por suas lendárias performances.

[04] MIKI DORA
Americano polêmico, conhecido como o "Rebelde original". Seu estilo de surfar as direitas de Malibu nos anos 50 o transformou num dos maiores ícones de todos os tempos.

[05] GREG "DA BULL" NOLL
Americano tido como um dos surfistas mais destemidos da história. A onda que "Da Bull" surfou em Makaha Point, em 1969, ainda é considerada a maior onda surfada por um ser humano na remada.

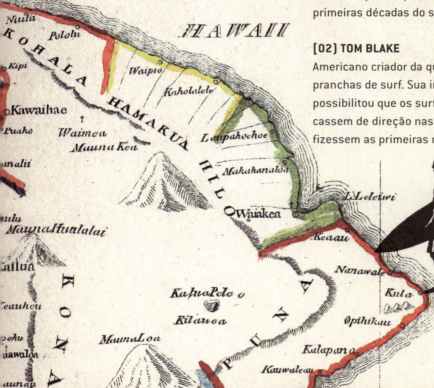

[06] JEFF HAKMAN
Havaiano, vencedor do primeiro Pipeline Masters e primeiro não australiano a vencer um torneio internacional na Austrália, Hakman foi considerado o melhor surfista do mundo, no início dos anos 70.

[07] GERY LOPEZ
Havaiano conhecido como "Mr. Pipeline". Lopez escreveu seu nome na história do surf por suas performances em Pipeline na primeira metade da década de 1970.

[08] MARK RICHARDS
Australiano tetracampeão mundial. M.R. dominou o surf profissional no início dos anos 80 surfando com pranchas de duas quilhas (twin fins).

[09] TOM CURREN
Considerado por muitos experts como o melhor surfista de todos os tempos. Seu estilo refinado, seus três títulos mundiais e seu carisma o transformaram num semideus no mundo do surf.

[10] KELLY SLATER
Americano heptacampeão mundial. Slater é o surfista mais bem-sucedido da história. Durante sua brilhante carreira, já acumulou alguns milhões de dólares em prêmios.

AS 10 MELHORES ONDAS DO MUNDO:

[01] PIPELINE
Esquerda, fundo de coral
Melhor época: entre novembro e março.
Local: Hawaii

[02] G-LAND
Esquerda, fundo de coral
Melhor época: entre maio e setembro.
Local: Indonésia

[03] CLOUDBREAK
Esquerda, fundo de coral
Melhor época: entre maio e setembro.
Local: Ilhas Fiji

[04] HONOLUA BAY
Direita, fundo de coral
Melhor época: entre novembro e março.
Local: Hawaii

[05] JEFFREY'S BAY
Direita, fundo de pedra
Melhor época: entre maio e agosto.
Local: África do Sul

[06] SUNSET BEACH
Direita, fundo de coral
Melhor época: entre novembro e março.
Local: Hawaii

[07] PADANG PADANG
Esquerda, fundo de coral
Melhor época: entre maio e setembro.
Local: Indonésia

[08] MUNDAKA
Esquerda, fundo de areia
Melhor época: entre outubro e fevereiro.
Local: Europa

[09] JAWS
Direita, fundo de coral
Melhor época: entre dezembro e fevereiro.
Local: Hawaii

[10] GNARALOO
Esquerda, fundo de coral
Melhor época: entre julho e setembro.
Local: Oeste da Austrália

Agora, as cinco melhores ondas do Brasil, segundo meu amigo Otavio Pacheco, fera do surf e das pranchas Soul Surf.

AS 5 MELHORES ONDAS DO BRASIL:

[1] Praia de Itaúna (Saquarema);
[2] Praia da Vila (Imbituba-SC);
[3] Guaratiba (RJ)
[4] Arpoador (RJ)
[5] Silveira (SC)

XIS-TUDO
EVANDRO MESQUITA

FUTEVÔLEI
ESPORTE-CACHAÇA

O Beto Careca é meu parceiro de futevôlei desde a época em que esse esporte era jogado com coco... quando Beto Careca ainda tinha franja. Com vários títulos na estante, junto a fotos amareladas, Beto faz partidas de exibição em vários estados e países. Até no Barcelona o sacana jogou. Hoje, seu "ombrinho" é conhecido do Leme ao Pontal. Estou tentando convencê-lo a escrever um livro sobre esse esporte tão carioca, nascido na malandragem e na fome de bola, louca pra dar um drible no "não" dos "homi". Fala aí, Beto.

[FUTEVÔLEI]

Esporte-cachaça, eminentemente carioca, o futevôlei nasceu nos anos 60 em Copacabana, quando a mesma ainda era princesinha e o mar, lindo e limpo.

Surgiu da proibição de jogar futebol nas areias antes das 5 horas da tarde. Alguns "iluminados boleiros", entre os quais Almir "pernambucano" (já falecido), célebre atacante do Flamengo, conhecido por suas jogadas dentro e fora dos gramados, brigador dos bons, criaram por absoluta falta de opções esportivas, o futevôlei.

Em rede de vôlei, jogava-se com 5 para cada lado, e com o passar do tempo foram se eliminando os jogadores, na medida em que os mais hábeis se mostravam capazes de manter a bola no ar. Assim, a brincadeira ganhou novo colorido. De lá pra cá, muitos jogaram e alguns ainda são lembrados como ídolos praianos.

Digo ídolos porque quem joga ou tentou sabe o grau de dificuldade que se enfrenta, a ponto de inúmeros jogadores consagrados de futebol não apresentarem a mesma eficiência na areia. A coisa é difícil e para poucos. Além de exigir trato elegante e habilidade íntima com a bola, impõe condição física de cavalo campeão. Ali, sem força... esqueça! Vá pra peteca ou xadrez.

Para ficarmos com alguns que se sobressaíram, darei nome aos que são unanimidade.

Na fase do futevôlei romântico, explico, rede alta e condição física não tão apurada, Leivinha era um mágico (ainda é, pois continua jogando muito ali na Vinícius). Quem o enfrentou ou viu jogar, haverá de reconhecer com prazer o que digo.

Gugu... um esteta do esporte. Hoje, mesmo sem ser o jovem de outras épocas, ainda deixa todos com ares estupefatos com seu "pezinho" e a malícia nas "largadas-quebra-colunas". É lenda viva!

Crioulo, além de amigo, é um dos responsáveis diretos pelo esporte ter se difundido no mundo, pois só não jogou e deu exibições na Lua. Mas tá pensando em fazê-lo no Mar da Tranqüilidade, em breve... rsssssss! Grande jogador, "ombrinho" perfeito, imitado por centenas, mas sem a mesma calibragem. Coxa chata, capaz de te dar "valérias", como se atrás de você houvesse quilômetros de areia...Tá na área lá em Copa, todos os dias, menos segundas, que estas são sem lei... Só chopinho e beliscos!

Da galera que inventou o esporte, ainda temos, sempre jogando, dois expoentes: Jair dentista, que joga diariamente em Copa, do alto de seus setenta e poucos anos (creio eu) e Brandão, nosso amigo que, também pelos seus setentinha, ainda mantém corpo e jogo de atleta... Um cara a ser imitado. Dois exemplos de vida!

Já para tempos mais recentes, a "lenda" é Magal. Criado no Leblon, rei da areia, tem com ela uma intimidade que nem Netuno possui. É tido como um dos maiores jogadores de areia de todos os tempos e eu concordo, porque cansei de ver o cara jogar, e é como assistir a uma ópera... um show! Para vê-lo vá à Barra ou Ipanema, onde a fera joga hoje em dia. Você irá me agradecer.

Ipanema tem em Helinho seu astro maior, saúde de boi premiado, impulsão de cama-elástica e trocentos anos de areia e competições... Um vencedor no esporte.

Em outros estados, alguns recantos se sobressaem. Felizmente para o esporte, hoje se joga em qualquer local, sendo praia ou não. Minas Gerais tem um sem-número de lugares onde se pratica futevôlei. Ninho e seu parceiro no Recife, Magrão e Belo em Santos. O segundo é tido como o melhor da atualidade... Há quem não o credencie tanto, mas o cara detona!

Porém, em se tratando de justiça absoluta, Renan foi e sempre será o "Pelé" do esporte. Dotado de tudo e mais um pouco, fez o que quis e com quem quis dentro das quadras... Ganhou tudo, com todo mundo. Mudou de parceiros inúmeras vezes e não tomou conhecimento dos adversários.

Simplesmente fabuloso, vê-lo jogar era hipnótico. Felizmente para todos, ele continua jogando pra cacete, e com a mesma simplicidade e humildade de dar nojo (no bom sentido, é claro). Este é unanimidade até pra Nelson Rodrigues.

O esporte deve a ele, mais do que a qualquer outro. Você que joga hoje seu "futezinho", saiba que foi por causa de caras como Renan que a coisa virou o que é... Um vício!

No território dos jogadores de futebol, Edinho é disparado o melhor, mas é seguido por Júnior, Claudio Adão, Ernani, Zico, Edmundo, Renato Gaúcho (apostador nato e ganhador idem... Fera do esporte), Romário (a quem o esporte também deve muitíssimo de sua divulgação, apesar de "baixinho", o cara é feríssima, afinal, bola é com ele, certo?), e outros tantos com menos capacidade dentro das quadras, mas não menos importantes... A maioria adora bater uma bolinha na areia!

Futevôlei... Um esporte... Uma paixão!

XIS-TUDO
ENVANDRO MESQUITA

DICAS DA TIANA

PARA UMA MANHÃ CHEIA DE ENERGIA:

SUCO DA LUZ DO SOL

01 maçã orgânica com casca picadinha e sem semente

02 pepino médio

03 folhas de couve ou outra hortaliça rica em clorofila

04 ramos de hortelã, capim-limão ou erva-cidreira

05 mão de grãos germinados

06 raiz (gengibre, cenoura etc.)

07 legume (batata-doce, inhame etc.)

Coloque a maçã picadinha no liquidificador e use o pepino como socador até que o primeiro líquido se forme. Coe e volte para o liquidificador. Acrescente os grãos germinados, as folhas verdes comestíveis, o legume e a raiz escolhida. Varie as hortaliças quando possível e utilize sempre as de produção orgânica. Coe num coador de pano e beba logo em seguida. Em pouco tempo esse suco se transforma em hemoglobina dentro do nosso corpo.

Tiana passou um tempo no exterior e voltou cheia de novidades e alternativas sobre "alimentação viva". Ela é a chef do restaurante Mercado Universo Orgânico, no Leblon, Rio de Janeiro. (HYPERLINK "http://www.universoorganico.com/" www.universoorganico.com)

Amigo do peito e de agulhas, Ronaldo Azen é um dos primeiros médicos acupunturistas do Rio de Janeiro. Uma vez, por sorte minha, encontrei-o no show do Paul McCartney, no Maracanã. Uma amiga minha desmaiou, gritei: Help, I need somebody! E Ronaldão, sem tirar os olhos do palco, apertava "um dos pontos para casos como esse". A menina ficou legal e pudemos curtir o final de "Can´t buy me love".

XI S-TUDO
EVANDRO MESQUITA

153

SAÚDE 10
AFINE-SE COM 5 TOQUES
E DICAS ENERGÉTICAS!

[01] Pouca disposição pela manhã é sinal de que está faltando energia no estômago. Tente reforçá-lo com frutos (legumes) e frutas, chás amornantes também estão indicados. Modere o uso de leite e derivados (laticínios).

[02] Se você é do tipo calorento(a), isto é emanação de energia YANG em excesso e pode ser equilibrado com a ingestão de frutas: abacaxi, amora, banana, caqui, carambola, laranja, limão, tangerina, manga e pêra, além de melancia, melão e tomate. O germe de trigo é fantástico para quem sente calor no alto do corpo.

[03] Friorento(a)? Seu pólo YIN está em excesso e podemos equilibrá-lo utilizando os alimentos YANG, ou seja, aqueles que aquecem o corpo. Anote aí: granolas, flocos de milho, pães torrados, castanha, tâmara, cereja, damasco, pêssego, goiaba, feijão, lentilha, grão-de-bico, chá preto, mate e... um cálice de vinho!

[04] Tem dormido muito? O sono não descansa? Diminua os doces e derivados de açúcar branco. Nesses casos, é bom fazer cerimônia com as massas e cremes. Institua na sua alimentação os consommés, que são caldos energéticos já consagrados em cultura culinária de vários países, como o missoshiro, o caldo de soja dos orientais servido quente com cubos de queijo de soja e salsa picada.

[05] Se seu caso é insônia, a solução é fazer as refeições da noite (jantar e ceia) utilizando raízes. As mais conhecidas formam um time de futebol, são onze para você escolher à vontade e fazer sopas, saladas, suflês, jardineiras, fricassées e omeletes ao seu gosto.

MESTRE ROYLER GRACIE, FAIXA PRETA DE JIU-JÍTSU, DÁ UMAS RECEITAS DE SUCOS DA FAMÍLIA. RECEITA DE CAMPEÃO, TUDO DE DAR ÁGUA NA BOCA.

TOP TEN DO MESTRE ROYLER GRACIE

[01] Açaí com água-de-coco, carne do coco, requeijão e mel.
[02] Mamão com laranja-lima, requeijão e mel.
[03] Banana com suco de melancia.
[04] Jaca-manteiga com água-de-coco.
[05] Goiaba com laranja lima, requeijão e tâmara.
[06] Pêra com laranja-lima, requeijão e mel.
[07] Banana com suco de melão.
[08] Figo com água-de-coco, requeijão e mel.
[09] Goiaba com suco de maça, requeijão e mel.
[10] Fruta-do-conde com água-de-coco.

Obs.: Todas as frutas acima são frutas doces, portanto podem ser misturadas entre si. Os sucos de maçã, melancia e melão deverão ser batidos no liquidificador ou numa centrífuga. O requeijão e o mel devem ser colocados numa colher de sopa. Os sucos feitos com goiaba e fruta-do-conde devem ser peneirados depois de prontos.

XI S-TUDO
EVANDRO MESQUITA

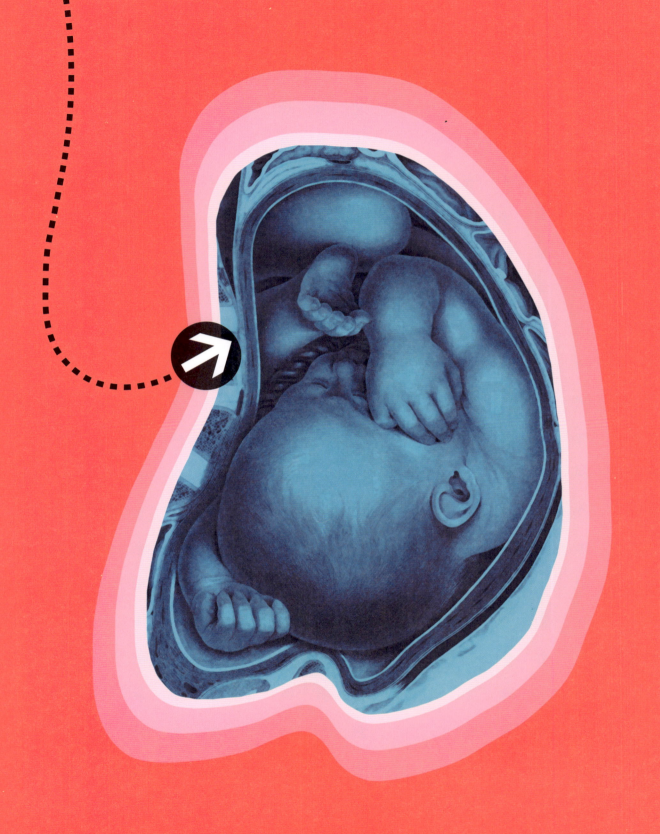

DICAS DA STÉPHANIE

Stéphanie é uma francesa superbrasileira que ajudou a fazer o parto da minha filha Alice. E nos ajudou a sermos pais melhores. Ela dá cursos tranqüilizantes para pais de qualquer viagem. Atende telefone até de madrugada, sempre com um enorme carinho e interesse pelo bem-estar do bebê e, conseqüentemente, dos pais em noites desesperadas.
Toques, truques e técnicas que nos ajudaram muuuuuuito. Então, a quem interessar possa...

9 DICAS RÁPIDAS E RASTEIRAS

[01] DAR O BANHO À NOITE:
Acalma e acostuma o bebê a ter uma rotina. Ele toma banho, põe o pijama e dorme, pois é noite. Permite ainda que o pai acompanhe o desenvolvimento do filho, pois geralmente quando chega em casa o bebê já está mamando ou dormindo.

[02] DAR BANHO DE CHUVEIRO EM RECÉM-NASCIDO:
É mais fácil e mais gostoso. O pai ou a mãe entra no chuveiro com o bebê no colo. O bebê adora, pois está em contato direto com a pele. É só não ensaboar tudo de uma vez para que não escorregue. Lavar e enxaguar uma parte de cada vez.

[03] PARA EVITAR FISSURA NOS SEIOS DURANTE A AMAMENTAÇÃO:
Derreter gordura animal, coar num coador esterilizado, colocar num vidro estéril e guardar na geladeira. Passar uma fina camada na auréola, no bico do seio depois da mamada e não tirar para a próxima mamada.

[04] PARA ABRIR A MÃO DE UM BEBÊ:
O bebê fecha a mão com força, agarrando algo e não quer soltar. É um reflexo. É só acariciar o dorso de sua mão que ele abre.

[05] PARA EVITAR ASSADURAS:
Dentro de um coletor universal (para exame de laboratório), misturar um tubo grande de Hipoglós com uma colher de sobremesa de óleo vegetal (lavanda, calêndula, camomila etc.).

[06] PARA ACALMAR O BEBÊ:
O bebê grita de fome e a mãe está ocupada. Para fazer o bebê esperar, o pai, depois de lavar bem a mão e estar com a unha bem cortada, deve colocar seu dedo mindinho na boca do bebê, com a unha virada para baixo.

[07] PARA O BEBÊ NÃO ODIAR TROCAR FRALDA:
Não troque sua fralda antes da mamada, mesmo que esteja suja. Ele está com fome e vai chorar muito, vai começar a mamada já cansado, vai dormir antes de encher a barriga e acordar logo.

[08] PARA O BEBÊ GOSTAR DE DORMIR:
Assim que o bebê engatinhar (por volta de 8 meses), desmonte o berço e coloque um colchão no chão, cercado de almofadas. Ele deve poder ir para a sua cama e dormir sozinho quando estiver com sono. O berço é uma gaiola para bebês e todos odeiam.

[09] PARA LIMPAR O BUMBUM DO BEBÊ:
Corte algodão em quadrados do tamanho de uma gaze e coloque numa caixinha.

CONTOS DE FRICÇÃO

A FÉ É FODA!

Quando dei por mim, estava participando da Mega Missa da Seita Tudo. Fui iniciado por uma vizinha gostosa que mora em cima de mim, a Dayse. E por devoção à Dayse e suas coxas sagradas, fui assistir ao culto de "Cura Nossa Alma", ou "Sara Nossa Cura", um negócio assim... A missa tem início com um lindo balé de coroas, coroinhas e balzaquianas de Bach. E eu, Hélio Pimenta, era um dos poucos por ali com más intenções. Ficava vidrado nos peitos da Dayse quando ela se ajoelhava e secava as coxas quando ela sentava. Eu queria me confessar... Pra ela. Dizer do meu amor, que mesmo carnal, era amor... Era junho, quase carnaval... Pô, Dayse...

Tentei arriscar um sussurro disperso qualquer na orelha dela, que me beliscou me fazendo levantar como os outros trezentos fiéis, porque adentra o altar, entre seguranças lindíssimos do "Apoio Divino", o Super Pastor Malcon Horse, que com um microfoninho Madonna diz, cheio de eco:

— Essa é a minha, a sua, a nossa... Seita Tudo. A Seita Tudo é a salvação da lavoura. É a chuva na horta. É a mão na roda. É o tijolinho que faltava na construção da nossa ponte para o céu. Hoje lerei o capítulo único do livro que escrevi: *Deitando e rolando nos gramados do Senhor, segundo minha mulher... E em primeiro, eu.*

— Eu sempre choro nessa parte.

Dayse diz isso com os olhos marejados, quase me fazendo brochar. Vá ser sensível assim lá na minha cama, eu pensei.

— A Seita Tudo é o passe para a vida etééééérnaa!

Continuava o pastor alemão.

— Mediante uma pequena verba, dividida em três parcelas sem juros, eu juro!

Quem não contribuía levava cada censurada do pessoal do "apoio divino" que dava até medo. Pior que havia uns caras fodidos, coitados, mas que, pra mostrarem fé, davam vintinho quase chorando, cinqüentinha até, pra mostrar que tinham mais fé do que o outro fodido. Eu ri uma gargalhada contida, disfarçada em acesso de tosse. O pastor alemão tem ouvido apurado... Senti que ele levantou as orelhas olhando pra mim atrás dos peitos da Dayse. Ele sabia que Dayse era uma ovelha domesticada e pronta para o abate depois de meia dúzia de palavras do Senhor. Malcon veio andando pelo corredor do meio da igreja, com uma capa lindíssima em cima do terno azul celeste e apontou, não sei se pra mim ou para os peitos de Dayse, e com dois tons acima, se não me falha a memória, ele proferiu:

— Dízimo com quem andas... que te direi quem és-és-és! Quem não colaborar, ou sustar o Santo Cheque em vão, sofrerá penitências físicas do pessoal do "Apoio Divino"!

Ah, não fode, eu pensei... Claro que pensei, né? Dayse continuava marejada e dizendo amém pra tudo que o pastor alemão dizia.

— Você devia se confessar, sabia?

O pastor sussurrou me puxando para baixo. Eu tinha levado uma porrada na coxa na pelada do dia anterior e não agüentava mais o sacrifício de ajoelhar... Comecei até a achar a Dayse caída... Se ao menos ela ficasse calada, seria só gostosa. Mas ela insistia:

— Pega a letra no livrinho na página seis para o canto do santo.

Ô, esforço!, pensei, torcendo pra não ser reconhecido por nenhum fiel amigo.

Enquanto isso, no altar, o pastor pendura a capa e ataca com a banda "Operárias Do Trem Da Luz". Todas louras! Acredita? Até as quatro do naipe de metais! Meio mocorongas, cafoninhas, mas louras. E a banda começa quando a fumaça invade o altar.

Eu gritei:

— Fogo!!!

— Cala a boca ô palhaço, não tá vendo que é efeito especial, ô babaca!

Falou um senhor fiel da minha frente.

— Dayse, você viu o que o irmão falou?

E por trás da fumaça, me entra o pastor. Parecia o Rod Stewart, gel no cabelo... Maquiaaado! O pastor puxa as palmas:

— Quero ver a mãozinha de vocês! Vamos lá! Vamos sair do chão! Joga as mãozinhas pra cima! Vamos fazer barulho aí, rapaziada! Cantai comigo a música de trabalho do meu CD!

A Fé é Foda!
Comecei como pintor de parede!
Hoje sou superstar
Estou no "Rite pareide"!
Juntei suas moedas
E ganhei muitos milhões
Fundamos essa seita
Pra não ter preocupações.
Ergui a mão,
Batendo os pés.
Cheque ou cartão,
Aceitamos dos fiéis!
Quero ver você
Comprando meu CD!
Embaixo! No bolso! Em cima!
Já é disco de ouro...
Mas eu quero o de platina!
Se bobear o diabo monta
Fique com a sua alma,
Mas o seu dinheiro...
Deixa que eu tomo conta!

O pior é que Dayse sabia todas as coreografias. Fui saindo de fininho, balançando as mãos pra cima pra não chamar muita atenção. Desisti da minha presa. Perdi a sobremesa. Preciso me benzer, tomar um passe, uma saravada. Da porta ainda deu pra ouvir a voz do pastor.

— Nossas Beatas e Baganas estarão rifando um finório carnê, com cadeiras de pista, camarões e camarotes, para quem quiser assistir de perto ao Juízo Final. Diga "não" ao empurra-empurra e às intermináveis filas de Almas Penadas!

Quando saí do templo e passei pelos camelôs, li no muro do outro lado da rua:

Ora baixo que Deus não é surdo, cambada de puto!

Não levei mais fé em Dayse.

Fui embora com meus pequenos pecados e culpas.

Contando assim até parece mentira, mas...
Aluísio e Desirê se conheceram num restaurante de comida a quilo. E, dias depois, voltaram ao mesmo restaurante. Eles se self-serviam no bandejão, quando Aluísio fez uma gentileza:
— Vai Desirê, pode se self-servir que até meio quilo eu pago.
— Sushi, vatapá, guacamole e feijão tropeiro... Adoro esse sincretismo culinário.
— Aqui temos comida do mundo todo num só bandejão, não é maravilhoso?!
— Obrigado por ter me trazido, você tem sido muito atencioso.
— Pois é, tem alguma coisa em você que me atrai, que me é familiar. Sei lá... Seus olhos, sua pele... A sua blusa combina com a minha.
— Devo confessar que é uma surpresa pra mim.
— Você sabe que eu também passei a infância em São Paulo, não sabe?
— Verdade?! Onde?

AQUILO QUE É BANDEJÃO A QUILO

— Primeiro, com uns nove anos, fui de Botucatu para Araraquara. Dois anos depois me mudei para o Anhangabaú. Aos quinze, moramos na Anhangüera... Com dezoito, morei perto do Anhembi, na rua Avanhagava.

— Cada nome, né? São Paulo parece o Xingu.

— Foi lá que comecei a querer ser ator... Antes de ser figurante, fiz um curso de teatro no Itaim-Bibi com a Bibi.

— Ferreira? Que coincidência, minha mãe também estudou lá.

— Sua mãe estudou teatro no Itaim-Bibi? Na turma da Bibi?!

— Não tenho certeza se era Ferreira... Mas era Bibi! Minha mãe me contou que no final do curso deram uma festa na casa da Bibi em Caraguatatuba, perto de Ubatuba...

— Claro... Jamais esquecerei a festa de Caraguatatuba. Tinha uma ruiva que ficou me azarando o tempo todo. Uma festa meio hippie. E essa ruiva louca me passava óleo e incenso pelo corpo num ritual meio cabeça... Até me queimou, a filha-da-mãe! Ainda tenho a marca aqui, ó, na barriga!

— Os anos setenta deixaram marcas em você.

— Rolava de tudo... Casais trepando pelos pufes e almofadões. A ruivona vinha com um papo estranhíssimo, tipo: "Posso pegar no seu membro como amiga?" ou "Você está preparado para copular cosmicamente comigo?".

— E o quê você respondia?!

— Ah, eu disse que no começo da festa tinha dado nota 3 pra ela, mas àquela altura... Ela assim de boca cheia, a nota tinha subido para 8.

— Cruz!

— Ulisses...

— Ulisses, o quê?

— Ulisses Cruz também era da nossa turma. Foi uma loucura. Época de conhecer o interior das pessoas.

— Minha mãe também era ruiva.

— Essa era toda pintadinha...

— Sardas... Minha mãe também...

— É, mas isso foi há uns vinte e cinco anos...

— ...

— Quantos anos você tem?

— Faço 24 daqui a 3 meses!

— Hum...

— ...

— Porra, tu é a minha cara...

— Papai?!

E uma lágrima caiu entre o ovo cozido colorido e a salada de maionese no prato de Desirê.

Os dois ficaram quinze minutos abraçados, para espanto de todos no bandejão.

SONHOS E PESADELOS

Fred e Beth são convidados de Pedro e Wilma para curtir um frio de inverno na casa de Petrópolis durante o final de semana. Acordam debaixo de quilos de cobertores de peles e ao som de galos, galinhas, pássaros e da música sertaneja do rádio da empregada. Fred vai até a janela e olha a empregada por uma fresta da cortina.

— Ela chegou cedo pra mostrar serviço e aumentou o som pra mostrar que o rádio é bom.

— Até agora tava tão bom...

— Eu dormi feito um tijolo! Que paz! Que ar! Que cama! Que pele! E que coxas, meu amor!

— Fala baixo, Fred, eles já acordaram... Eu ouvi barulhos... Acho que eles já estão tomando café.

— E você? Quer tomar na cozinha?

— De novo?

— Café, Beth... Quer tomar na cozinha, ou na cama?

— Eu quero dormir mais um pouco... Vai indo que eu já vou.

— Não, sozinho eu não vou... Ih, ó... Escuta!

O casal Wilma e Pedro está aos berros no quarto ao lado.

— Ora, Pedro, esse seu papo é pré-histórico. Você fala como se eu não fizesse nada pela nossa caverna... Você tá querendo que eu esquente seu banho e te receba com uma pantufa na porta de casa, né, bebê?

— E por que não? Será que eu não mereço, Wilma? Me diz!

Fred e Beth, sem graça, comentam.

— Essas paredes hoje em dia são muito finas, dá pra ouvir tudo que se passa em todos os aposentos.

No outro quarto, continua o barraco.

— Você é um grosso! Um rato, um Ratinho! Teu ibope tá caidão! E não me venha com baixarias e apelações baratas, que meu gosto é mais sofisticado. Tá legal? Eu não consigo dialogar com você.

Beth e Fred comentam a discussão do casal amigo.

— Ela está se sentindo muito sozinha.

— Porra, que clima desagradável.

— Eu tenho sentido a Wilma muito triste, acabrunhada... Chocha, insossa... Sem sal, reta... Sem bunda.

Beth liga a TV e aumenta o volume pra disfarçar. *Flintstones*.

No outro quarto Wilma parte para o ataque não querendo deixar Pedro sobre Pedro e manda um "Vai tomar no cu!" que choca as visitas. Eles aumentam mais o volume do desenho animado. É inútil, pois ainda ouvem Pedro se justificando.

— Wilma, eu trabalho pra caramba, viajo, vou à caça e volto com um javali nas costas, exausto... Às vezes com um antílope, ou um bisão, pra alimentar a família... Os pés sangrando... E o mínimo que eu espero é encontrar, pelo menos, o fogo aceso na caverna, a mulher no portão... As crianças... E uma pantufa pelo menos, né?

— Era só o que faltava... Você quer que eu corte lenha agora?!
Fred e Beth acompanham o áudio da novela de Pedro e Wilma.
— Teatral! Pedro sempre foi muito teatral... Mas eu entendo o que ele quer dizer...
— Como "entende o que ele quer dizer"?!
— Essa coisa de quem bota o javali na mesa e na boca da mulher...
— Como quem bota o javali na boca da mulher?! E quem descasca o javali?! Quem descasca o javali nosso de todo dia? Ih, você está me deixando louca com essas imagens alegóricas... Fala direito.
— Olha, nós vamos levar horas dissecando esse javali e eu não estou com preparo físico para esse debate. Depois nós conversamos...
Ouve-se um grito no quarto ao lado.
— O que foi isso?
— Será que o animal do Fred bateu nela? Eu não acredito!
— É possível... Ué, se ele se sentir ameaçado dentro do próprio território, onde urinou com tanto carinho para demarcar... Pode ser. Ele não vai deixar vagabundo nenhum defecar, não...
— Nossa, como você é grosso, Fred, parece o Barney. Troglodita!
Gritos e gemidos intensos no quarto de ao lado.
— Ai, meu Deus! Será que ele está estrangulando a Wilma?!
— Não, ele não é tão primitivo assim...
E ainda escutam Wilma berrar:
— Não pára, não pára... Vai... Vem.
Fred e Beth no quarto minguante comentam.
— Não são canibais. São vegetarianos... Mas estão se comendo...
É melhor não falarmos mais nada do quarto ao lado.

O MÁXIMO DO MÍNIMO

Ministro da Economia vai à feira e ensina como negociar com os feirantes e se esbaldar com o Salário Mínimo Múltiplo Comum.

— Gosto de começar pelas frutas! Amigo, quanto tá a dúzia da laranja-seleta?

— Tá doze real a dúzia.

— E a Bahia?

— Tá dez o lote.

— Então me vê sete da seleta e cinco da Bahia... E como não completa a dúzia na seleta, e a Bahia é mais barata, fecha por oito reais... Ainda faltam dois pra chegar a dez e com esses dez levo também umas limas... Pra finalizar as laranjas... Meu irmão, e o mamão?

— Mamão tá bom... tá com uma boa cor, maduro, educado... Sai por quatro a unidade do amarelinho.

— Tudo bem, eu levo três verdes pelo preço de um amarelo... Eu tô investindo no garoto sem saber se é craque ou abacaxi. E por falar em abacaxi, porque crack eu tô fora, será que você ou a Beth faria três abacaxis miúdos pelo preço de um graúdo? Tá acompanhando o meu raciocínio? Por exemplo, vamos aos pepinos. Eu quero só quatrocentos e cinquenta gramas de pepino e quero que você complete o quilo com aspargos... Porém, se a baroa estiver boa, eu quero um mix de baroa com inglesa até setecentos gramotas. Depois completa com batata-doce pra sobremesa, e como tudo é batata, faz pelo quilo da inglesa que é a mais barata! Olha aí, ô amigo! E tira quinze dos vinte que eu te dei.

— O senhor não me deu não!

— Tem certeza? Então toma cinqüenta, me dá três de dez e cinco de cinco que os quinze já estão incluídos. Embrulha pra mim enquanto eu vou aos peixes, tá, amigo?

O ministro vai negociar na barraca dos peixes.

— Me passe o linguado, mas só a posta... A posta do meio de duzentos e cinqüenta gramildas e me completa o quilo com badejos, pelo preço de badejetes. Eu não quero robalo... E as ovas... Tem bochecha de anchova? Então vê quanto sai: a cabeça da anchova, a boca do linguado, os peitos da cavaquinha, o lombo do pirarucu e as coxas da arraia, Cláudia... E fecha com um rabo de xerelete...

— Tô tonto!

— Eu quero apenas provar que, sabendo negociar, esse Mínimo é o Máximo! Em tempo de guerra, mocotó é lombo. Olha a quantidade de sacolas! E eu só gastei dezesseis reais! Fui na tainha e levei a baleia... Vocês tão chorando de barriga cheia!

— Depois da cesta básica...

Tchan-ran!

O cestão fudido!!!

UMA NOITE NO HAVAÍ!...
DO LADO DE FORA DO IATE

Quando os portugueses chegaram por aqui, já existia o baile de carnaval "Uma Noite no Havaí" no Iate Clube. As fantasias saíam do salão para as cabeças da rapaziada da praia que era barrada no Iate e no clube.

A cada ano as histórias eram mais fantásticas, contadas pelos heróis que conseguiam pular "Uma Noite no Havaí".

Rolava que "Fulaninho nadou da Praia Vermelha até o Iate!"

— Ohs, uhs, pôs! — Todos de admiração e inveja.

— E ainda fui por baixo d'água, pra não chamar a atenção das sentinelas do forte nem dos seguranças do baile!

— Caralho! — exclamavam de espanto e orgulho.

Diziam que Beltraninho ficou na fila da cerveja atrás da Brigitte Bardot. E que a Brigitte Bardot tinha deixado ele encostar a bermuda de pirata na melindrosa dela. E ele só não chamou Brigitte pra dançar porque não falava porra nenhuma de francês.

Sicraninho conseguiu comer a Leila Diniz três vezes, atrás de três lanchas diferentes. Era sacanagem de "Se a canoa não virar" até "Cidade maravilhosa"!

Contavam que o irmão de Fulaninho tinha gozado sete vezes, e que ia de pareô sem nada por baixo. Pendurava as serpentinas no pau pra disfarçar e oferecia para as mulheres em cima das mesas. Quando elas perguntavam o que era aquilo ele mandava segurar no lança-perfume.

Fulaninho era um dos mais bonitos da turma, parecia o Paul McCartney, tinha cabelo louro liso e duas calças Lee, uma azul desbotada e uma branca raríssima. Também, com pai aviador, até eu.

Falavam das viúvas mais velhas e ricas que iam pegar garotos parecidos com a gente. Falavam dos dois beijos que Beltrão deu num travesti, mas que ele jura que foi engano. Do Grael que foi hospitalizado com a clavícula deslocada e duas costelas flutuantes fissuradas. Contam que ficou cinco horas com uma mulher de biquíni nos ombros e ela ainda marcava o ritmo do surdo nas costelas e no rim dele. Ficou amarelo e mijou preto.

Falavam dos cardumes de louras, das pencas de morenas, das mulatas que não estão no mapa e das princesas africanas. Sem falar nas gringas ruivas e suas bundas maravilhosas. Da chuva de peitos e do bufê de xoxotas.

Esse ano, tava decidido, Zé Arara e Necrose iam entrar de qualquer jeito! Necrose dizia que só iria se o Zé Arara tirasse aquele tirolês ridículo e desbotado, com aquela bermuda marca piroca. O tirolês não cabia mais nele!

E às seis e meia lá estavam nossos heróis na porta do Iate Clube. Cada vez chegavam mais mulheres e alguns carecas, barrigudos e maurícios. Ao longe, o som da orquestra instigava ainda mais os dois.

— Aí Necrose, vai ser fogo, a segurança só aceita suborno alto! — diz Zé Arara mordendo a ponta da pena do seu capacete.

Um grupo de meninas fantasiadas vai entrando num animado trenzinho. Zé Arara reconhece Andréa Bombeta, a última da fila.

— Eu vou tentar entrar no rabo da Bombeta nesse trenzinho, Necrose, saca só!

Necrose, de longe, vê o trenzinho todo entrar, menos Zé Arara que é enxotado pelos seguranças.

— Quase! Tava indo bem... Fui cantando com elas, "Bandeira Branca, Amor"... segurando na cintura da Bombeta, mas o cara implicou comigo na hora agá, não sei por quê, rapaz!

— Implicou contigo não. Você tava sem convite, ficou inseguro e eles sentiram. Segurança é que nem cachorro, ele sentem o cheiro do medo. Quando estamos sem convite, nós exalamos um cheiro estranho, entende?

— Ih, corta essa, Necrose! Eu não exalei cheiro nenhum! Eu disse que estava no maior gás! Mas não tem nada a ver, meu intestino funciona pela manhã, tá ô...

— Vou tentar na maciota. Observa e me imita depois.

Necrose se enfia no meio de foliãs em direção à portaria. Arara ainda grita aflito.

— Cuidado pra não exalar cheiro nenhum, hein? Tá cheio de Pit Bull na porcaria... Na portaria... Na porcaria da portaria!

Necrose se aproxima da entrada, de costas. Fica por ali um tempo, misturado com as pessoas que estão entrando. Sempre de costas e cada vez mais perto da porta e dos seguranças, quando arrisca:

— Será que dá para ir lá fora, só um minutinho?

— Não, senhor! Se sair, num volta! – latiu o Pit Bull!

— Não?! Então eu não vou sair. Vou ficar mais um pouco!

Ele entra e faz sinal positivo para o Zé Arara, que está chocado com a malandragem e a penetração extremamente fácil de Necrose, que era virgem de Havaí.

— Necrose é realmente muito inteligente... Ele não exalou nada... Se ele entrou de sarongue, eu que estou de tirolês e com esse chapéu de Tuiuiú luxuoso vou ser levado direto para o camarote da diretoria!

E Zé Arara, de costas, tenta aplicar o truque do Necrose, mas é escorraçado pelos seguranças.

— Não é possível! Fiz a maior força pra não exalar! E acabei exalando!

Na madrugada, derrotado num meio-fio, com o Tuiuiú depenado, ele mastiga um churrasquinho com guaraná e pensa:

— Vai ser duro ouvir as histórias do Necrose sem testemunhas!

Leopoldo Rodrigues, o novo galã da novela das seis, tava calibrado e carente no terraço da festa na cobertura do seu diretor. Ele acabava um papo celular:

— Vou ficar mais um pouco... Antes de sair quero ver se como alguma coisa... Ou alguém... Bebi, "coisa de" umas doze doses... Sou forte pra bebida e fraco pra mulher. Amanhã te ligo. Bração!

Leopoldo acabava de enfiar o dedo no END do seu celular quando o inesperado faz uma surpresa e Glória chegou. Enrustida e perfeitinha. Apareceu atrás de uma bandeja de empadas que um garçom trazia... Uma presa fácil, desgarrada da manada, veio respirar. Tava sozinha, sobrevoando a cobertura e pronta para ser coberta. Veio toda de branco, toda suada e despenteada. "Que coisa linda, que maravilha!"

Dançava simpática em câmera lenta, parando a maresia, o trânsito e a brisa. Vinha em brasa num vestido, estilo "tomara que foda". A merda era que ela usava aparelho. Aparelho é foda. Tem casos como o do cara que saiu com escoriações no membro, depois de uma mamada intensa. "Às vezes nem compensa", Leopoldo respirou fundo num dos últimos momentos em que ainda pensava. Fez a volta na zebrinha, analisando a caça. Não era um avião, um Boeing, mas como um helicóptero caía muito bem àquela altura da festa, pensou Léo ao léu.

— Quer que eu te mostre a cobertura?

Leopoldo disse já com as orelhas murchas para o ataque.

— Cobertura?! No primeiro encontro?! Tenho que arranjar uma camisinha.

— Camisinha?!

— É... Tô com frio!

— Que tal meu blazer?

— Drogas, nem pensar... Já estou um pouco alta.

Disse Glória com uma boca grande demais pro seu rostinho pequeno. Leopoldo insiste, já tirando o blazer para agasalhar a criança. Um ato equivalente ao de um tigre pulando na anca de uma gazela, e ela acusa o golpe.

— Eu já estava indo embora quando você me pegou...

— Eu ainda não peguei...

— Que horas são?

— Que horas você quer que sejam?

Leopoldo continua a cansar a presa no ritual de acasalamento:

— O que você faz?

— Faço dieta e mapa astral.

— Eu tenho uma enorme veia artística.

— Eu sou Libra e você?

— Eu sou foda!

— Vem cá... Você não é aquele ator Bruno... Bruno Nercessian? Bruno, não... Peraí, não fala! Bruno não, Thiago... O que mesmo, hein?

— Leopoldo, porra.

— Leopoldo Porra?

— Não, porra. Porra é maneira de falar... Eu sou o Leopoldo Rodrigues, que faz o Maciel Fontoura na novela *Tente me esquecer*, das seis.
— *Tente me esquecer*, eu vejo... Mas acho que ainda não tinha te visto...
— Eu sou o Maciel, filho da Judith casada com o Tarcísio.
— Você não falou que era Leopoldo?
— Ai, caceta, eu sou o Leopoldo e faço o Maciel na novela.
— Ah, o Maciel! Claro!
— É que às vezes dou uma sumida pra não saturar... É coisa de marketing lá deles.
— Tô tonta. Tontinha e ainda com frio, sabia?
— Toma mais um gole, me abraça que eu te esqueço...
— Peraí...

Glória mete a mão dentro do copo de uísque do Leopoldo, pega dois gelinhos e os joga do alto da cobertura pra vê-los se espatifando. Um cai no asfalto, o outro no capô de um Gol, fazendo certo barulho. Leopoldo, pra cortar a brincadeira, evitando que Glória isolasse também o copo, propõe:

— Dança comigo?
— Ai... Não acredito que o Leopoldo Rodrigues, da novela das sete...
— Das seis...
— Pois é... O Maciel... Maciel quer me tirar pra dançar! Quem diria?! Euzinha com o Maciel Fontoura, eu não acredito!
— Trate-me como um ser humano normal... Lá na TV eu sou Maciel... Mas aqui, pra você, apenas Léo. Ou Poldo. Champanhe, pra brindar nosso encontro!
— Não, Poldinho, eu tava tomando vinho, não quero misturar. Sou fraca pra bebida pra caceta. Se fosse lança eu até cheirava, mas já bebi muito alco-rol.
— Um copo a mais, um copo a menos... É só para que façamos um brinde à glória, à fama, à fauna, à flora e à fortuna!
— Ih! Sabia que meu nome é Glória, Leopoldo?
— Glória Leopoldo?!
— Não... Glória, só... Leopoldo é o seu.
— O meu eu sei... É Leopoldo Rodrigues... Bebe aí, ô Glória Só!
— Então me mostra a sua veia artística.
— Aqui? Assim eu fico envergonhado... Vamos pra minha casa, que eu vou te mostrar umas fotos da minha carreira.
— Só se você me pedir como o Maciel da novela, Leopoldo! Pede, Poldô! Me chama de Laura, como o Maciel... Me chama de Laura Lira.
— Vou tentar... Tenho problemas de memorização...

E Leopoldo arrisca uma voz impostada, que estava mais para "imbostada". E aí ele diz... Ou tenta dizer:

— Cof... "Beba, minha doce amada Laura Lira, da família dos Sampaio, inimigos mortais dos Lorenzo. Mas, antes que a lua se deite... Se... Se..." Se foda, porra! Eu esqueci o final da porra da fala... Tinha um negócio de "crepúsculo vermelho da madrugada" que era bonitão.

— Você falou igualzinho ao Maciel da novela, a voz é idêntica!

— Claro, Glória. A voz é a minha. Eu mesmo falo as minhas falas. Agora bebe, caceta!

— Caceta, não ... Gló-ri-a. Tá tudo rodando, Ma-ciel. Afasta de mim esse cálice!

— Olhe no fundo dos meus olhos, quero ver o que você me diz.

— Ai, não tô dizendo mais nada...

— Sinta a minha respiração quente perto do seu rosto, sinta meu hálito... Meu bafo quente em sua nuca, te deixando maluca... Isso, relaxe.

— Leopoldo, eu vou chamar o Raul...

— Que Raul?! Gazola?

— Não... O Rau... UÁKA!!!"

E antes que Leopoldo se desviasse, Glória vomita uma banana amassada com bobó de camarão no ombro esquerdo do terno lilás de Leopoldo Rodrigues. Sacanagem...

— Ah, desgraçada! Filha da pu... Sua isso! Sua aquilo!

— Xisculpi...

— Porra, eu tava limpinho, agora tô todo cagado!

— Eu me conheço... Eu falei que não queria tomar...

— Vai tomar na bunda!

— Desculpe, Maciel! Léo... Léo ou Poldo? Leopoldo... Eu não tô legal... 'Sculpi.

— Se eu não abro um olho na hora do beijo, e viro a cara, ia me pegar de boca aberta, cacete!

— Já falei "xisculpi". Você tem um lenço?

— Ah, vá pá porra!

Glória sai chorando e cagada, enquanto, Leopoldo, puto, se limpa na cortina do varandão da cobertura.

— Que filha-da-mãe, hein? Tava mais bêbada que um gambá... Sacanagem, tava quase beijando e pegando naqueles peitões... Se eu não tivesse esquecido o final do texto do Maciel, tinha lhe dado um arrocho antes da regurgitada.

Mas Leopoldo é brasileiro e não desiste nunca. Ele percebe uma outra fã chega correndinho e ela lhe dá um abração apertado, dizendo que adora o trabalho dele, que o acompanha desde a outra novela. E a coitada da fã deita a cabeça no ombro carimbado de Leopoldo para que a amiga tire uma foto. Depois de clicado, e quase limpo pelos cabelos da fã, Leopoldo vira os dois cálices de champanhe que estavam no parapeito de mármore da pérgula da piscina. E numa pedalada de craque, dribla a fã carente e feinha, dando-lhe as costas. Parte para a fotógrafa, que estava melhor na foto. Léo parte para o ataque com tarrafa de malha fina e fome de canibal dos Andes. Ele dá uma geral desde a piranha no cabelo, passando pelo piercing no umbigo, descendo pelos coxões do jeans stoneado até as sandálias de salto alto pra caralho. Ela estava linda com um casaquinho de couro de lábios de buceta de búfala por cima da camiseta. Leopoldo partiu com as cinco patas no pescoço da corsinha:

— Sabia que gravei seu close up na minha mente?

— Ah, não mente...

— Sério... É que eu tenho um olhar profissional, sabe? Eu trabalho nessa área. Seu semblante é muito fotogênico.

— Uau! Que legal, você também mexe com fotografia?

— Mexo com a fotógrafa...

— Meu nome é Taís.

— Taís... Bonito nome. Tem personalidade. Taí! Taís é um nome que não permite apelidos... Só trocadilhos.

— Ih. Falou bonito. E o seu nome?

— Olha, Taís... Talvez você não esteja me reconhecendo por causa da minha roupa...

— O que tem a sua roupa? Molhou o ombro?

— Não... Não... Eu falo da roupa de época como a do Maciel...

— Que Maciel? O Marcos?

— Pô... Você não vê televisão? Não acompanha novela?

— Ai, detesto novela! Você trabalha em novela?

— Trabalho há oito meses... Sou um dos galãs! Leopoldo Rodrigues, fiz o Gouveia naquela novela *Sangue e areia*. Gravava muito sem camisa. Nessa minha segunda novela, a *Tente me esquecer*, faço o Maciel. É uma novela de época.

— Só perguntei seu nome, não seu currículo...

— Já ganhei até uma nota zero e uma dez no jornal...

— Também... Aqui é só chorar que ganha nota dez, não é ô...

— Me chame de Léo, ou Poldo... Ou Maciel... Agora até "psiu" eu tô atendendo... Façamos um brinde, ô... Como é mesmo o seu nome?

— Taís. Tá bom! Mas... só se for de uísque.

— É tudo a mesma merda. Eu tava no vinho, fui pro champanhe e agora vou de uísque com uma naturalidade impressionante. Sou muito... Sou muito folte... Forrte para bebidas... Viu, ô, Istai... Taíssa!

— Ih... Eu admiro homens que não perdem a elegância ao beber.

— Xussstamente, Laís! Laíse... Xô fala um negócio... Olhe dentro dos meus olhos e sinta... A minha... Rrrespiração... A música ao fundo...

— Hum... Tá um cheiro esquisito.

— Agora eu entendo... Por que Raul...

— Que Raul?! Seixas?

— Não o Rau-UÁKA!

E Leopoldo vomita um molho ao sugo de almôndegas mal mastigadas com miojo no ombro de Taís, que sai chocada, cagada, puta e chorando, depois de tacar a bolsa na cara de Leopoldo Rodrigues, fechando a festa e fazendo chover na cobertura.

INSÔNIA

Loureiro gostava de ficar até tarde zapeando na TV. Via de tudo. Leilão de touro no canal rural, jóias, boxe... Adorava boxe e conselhos sexuais. No carnaval, só dava ele. Adorava ver as coberturas dos bailes. Amava as entrevistas na entrada dos bailes gays. Uma noite acordou a mulher dizendo que tinha visto o dentista deles, o Júlio, com um saiote de couro de centurião romano e um gladiador bombado ao lado, cheio de óleo no corpo. Júlio ainda disse pro repórter travesti que o gladiador era sobrinho dele. Mas essa noite teve uma queda de energia no bairro e ficaram sem luz e sem ação. Chateado, Loureiro levou um pires com uma velinha pra mesa-de-cabeceira e comentou sobre o dentista no baile da noite passada.

— Tô passado. Eu é que não abro mais a boca pro Júlio. Eu fiquei chocado, Acácia... Acácia...

— ...

— Já dormiu?

— ...

— Acorda, Acácia. Porra...

— ...

— Não consigo dormir!

— Eu tô conseguindo...

— Tô com insônia!

— Não enche o saco, Loureiro. Conta carneiro, burro.

— Carneiro já contei... Burro também se conta?

— Não, burro é você! Lê.

— Já li.

— Escreve.

— Já escrevi.

— Vai até a cozinha e bebe um leitinho morno com mel...

— É... Boa idéia.

— Mas depois lava o copo por causa das formigas, dá uma fervida no leite pra não azedar, lava a panelinha e deixa escorrendo pra amanhã de manhã tomarmos café. Bota um pires com água embaixo do mel pras baratinhas não entrarem nele, não esquece de desligar o fogão pra não botar fogo na casa e quando o leite esfriar, bota na geladeira! Não esquece de apagar a vela, hein?!

— Esquece... Prefiro a insônia!

CAMISAS DE VIAGEM

Djair e Célio se conhecem desde o primário. Djair trabalha na entrega de jornais com o pai. Célio dizia que era corretor de imóveis e hoje mora com uma coroa rica em Copacabana que banca suas histórias. Os dois aproveitaram uma promoção e estão de partida para quinze dias na Argentina. Célio ajuda Djair a arrumar as malas.

— Duas calças jeans, cinco dias com cada uma, tá bom, né Célio?
— Tá bom...
— Duas calças sociais para noite, dois pijamas completos...
— Que isso? Pantufas?!
— Você não acha necessário pantufas? Para andar pelo quarto...
— Pantufa é foda, Djair! Esquece. Você tá levando mais camisa que os dias que vamos passar por lá!
— Tá falando sério?
— São só quinze dias... E com o tempo voando do jeito que voa, quinze dias, na verdade, passam como nove, de bola corrida.

Célio confere a lista.

— O que tá faltando na nossa relação... Cuecas... Quinze dias, quinze cuecas... Sim, porque eu não vou ficar lavando cueca e pendurando em ar condicionado, ou atrás de geladeira pra secar.
— Bom... Até que não é uma má idéia.
— Então, oito cuecas entram no rodízio. Quinze pares de meias, dois pares de meia de lã, caso faça frio.
— Sempre faz frio na Argentina. Casacos, uns cinco...
— Tem ocasiões que pedem um blazer.
— Drogas nem pensar. Eles têm cães farejadores na alfândega que mordem o saco...
— Camisas, camisetas e camisinhas.
— Porra! Pela quantidade de camisinhas parece que você vai lavar várias éguas argentinas, hein, Djair?!
— Sapatos... Um preto, um de camurça marrom cocô de criança...
— Um tênis branco e um preto. Frasqueira de banheiro, escova de dente, desodorante e creme de barbear...
— Será que levo repelente?
— Tá louco, levar repelente pra Argentina?! Acha que tem dengue na Bombonera?
— Lanterna, então, nem pensar, né?
— Não é Mauá, Djair... É Buenos Aires!

Quando o interfone toca, Célio se toca que o táxi chegou.

Eles entram no táxi e saem no aeroporto.

— Porra, a fila tá grande pra caralho!

Depois de vinte e sete minutos, eles chegam ao balcão.

Célio apresenta RG e cartão de milhagem.

— Djair, como você não tem cartão de milhas?

— Não humilha não, porra, fala baixo...

— Brincadeira, hein?!

— Ainda não me cadastrei, porra, foda-se!

Eles pegam as passagens e embarcam.

— Qual foi a última vez que você andou de avião?

— Ah, sei lá... Acho que quando eu era adolescente, fui com meu pai pra Caxambu.

— E Caxambu tem aeroporto, Djair?

— Não lembro... Acho que teve uma baldeação em São Paulo...

Nenhum dos dois confiou em despachar as malas. E seguem mais uma fila enorme que serpenteia entrando na goela do tal finger que os levará até a aeronave.

— Esse corredor é comprido pra porra e minha mala tá pesada pra cacete!

— Eu prefiro assim... Não vou confiar num aeroporto cheio de argentino pegando na minha mala. Você viu como eles são no futebol, né?

— Fala baixo... Essa fila deve tá cheia deles.

No fim do túnel, finalmente o avião. Tarifa barata. Clima de rodoviária de interior. Passageiros com suas bagagens maravilhosas, só faltavam galinhas e leitões. Foi uma dificuldade achar lugar pra colocar as malas. Célio ainda espremeu uns sacos peruanos e enfiou a dele. Djair, já meio brocha, procurava sua brecha pra enfiar a mala. Muito saco plástico e grandes embrulhos em papel pardo amarrados com barbante.

Muito berimbau e jangadas... Nossos heróis se esforçam para conseguir dois lugares.

— Porra, Célio, eu pensei que fosse mais organizado...

— 42... 43... 44... 44B, porra, o meu é no meio de um argentino e uma senhora. O seu é o 46C... Ih, tem uma velha no seu lugar... Joga duro, Djair! Gentil é o cacete, quem ela pensa que é?! A passagem era a mais barata, mas em pé até a Argentina é demais!

Djair sente que terá problemas pra separar a velha do velho e do filho, mas arrisca um primeiro contato em portunhol.

— Mira, la boleta aca... Ô, Célio, é boleta que fala?! Ih, essa velha vai me encher o saco, ela vai vir cheia de persupuesto... tranqüilo.

— Não deixa ela crescer só porque tá jogando em casa, não. Ainda estamos no Brasil. Dá logo a primeira.

— Excúseme, pero éste es mi lugar, 46C, en la... en la... ô meu Deus! En la ventana! É ventana que fala?

— Isso! Dá logo uma na ventana da velha.

— Peraí, não sacaneia, não... Perdono mas este és mio lugar, manja? Comprendes?

— Mira, sênior, jo estoy aca, tranqüila... No hay como cambiar con usted.

— Vou dá-lhe um porradon! É porradon que fala? Es mi primer tiempo... soy un nervioso, y per spuesto usted hizo el número cambiado. Y ahora si usted me excusa que yo debo se sentado mi cinturón del asiento rapidamente.

Djair, sentado no braço da poltrona num jogo de empurra-empurra, agora discute com a velha e o velho. O filho chora. Djair coloca os dois pés na poltrona do lado e força com as costas pra espremer os velhos. O avião já disparava pela pista quando eles são separados pelo comissário Mário, que agarra Djair, arrastando-o para a parte de trás do avião. Djair lança os olhos à procura de Célio, que já dá umas cochiladas com a boca semi-aberta. O comissário e Djair tentam se equilibrar pelo corredor enquanto o avião decola.

— Señior, no és possíbile viarrar em pésito. Há que sentar-se em lá última fileira, comprendes? Se non nossotros seremos obrigados a saca-lo de la aeronave, comprendes?

E Djair compreendeu... Vendo que seu amigo e metade do avião dormiam, desistiu. Não insistiu e foi puto pra última fileira, na cadeira do meio entre dois executivos gordos e suados. Depois de sentar, viu que estava com a bexiga estourando, mas segurou pra depois do serviço de bordo. E achou que era sacanagem quando o comissário Mário lhe deu uma barrinha de cereais pra lanchar.

Da próxima vez... Não vai ter próxima... Mas se tiver, vou de ônibus, pensou Djair, guardando a barrinha pra depois da mijada.

XIS-TUDO
EVANDRO MESQUITA

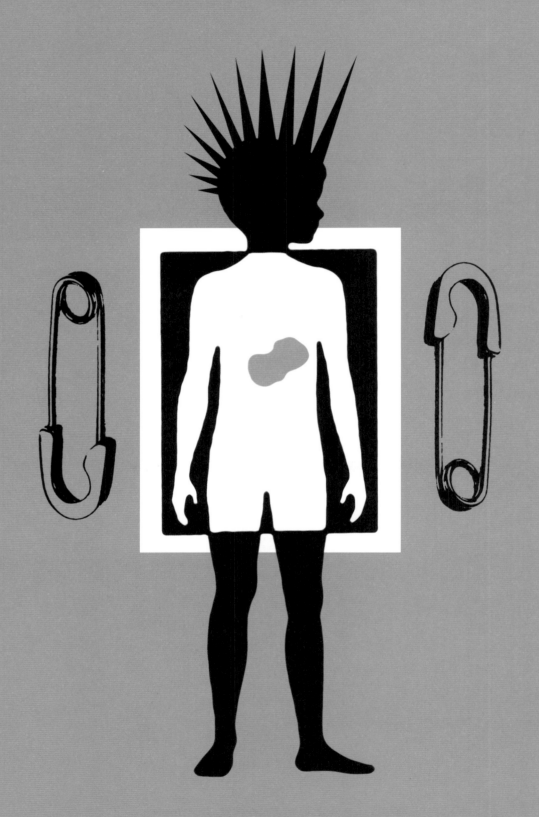

DEDO INDICADOR

Pompeu e Vanessa descem do ônibus e procuram o número trezentos e quinze da rua Visconde de Albuquerque, no alto Leblon.

— Como é que pode?! Ele é meu amigo de adolescência, de Brasília. A gente tinha uma banda punk nos anos oitenta: "Estômago azul"! Agora, de uma hora pra outra, o cara tá rico. Rico, não... Mi-li-o-ná-rio. Desgraçado! Era meio bundão naquela época.

— Que raiva é essa, Pompeu?! Tá com inveja, é?

— Como é que aquele bunda mole se deu tão bem, hein?

— "Todo guitarrista tem ciúme do cantor", isso tá até na Bíblia.

— Ó... É aqui! Trezentos e quinze... Caramba, que casão!

Pompeu aperta a campainha.

— Olha, a campainha é dentro da boca de um leão de ferro... Bronze... Ouro ou... Sei lá do que é essa porra.

Dim-dom e o interfone responde:

— Identifique-se, por favor.

— Pompeu... Amigo do Dorival. Foi ele que me convidou...

— Por quê?

— Por quê, o quê? Eu falei, foi ele que me telefonou.

— Senhor, por motivo de segurança, o senhor pode fornecer o motivo exato da sua visita, por favor?

— Motivo exato... Porra, sei lá... Bota aí: Saudade!

— O senhor poderia colocar o rosto na porta para que possamos vê-lo pela câmera de segurança?

— Vou botar é o cacete — sussurra Pompeu, mas obedece.

— Positivo. Por favor, insira o braço esquerdo no orifício abaixo para carimbo e cadastramento.

— Peraí... Não vai cadastrar ninguém aqui, não. Nós só viemos fazer uma visita rápida, não precisa me fichar. E eu nem tava muito a fim de vir, sabia?

— Senhor, são normas de segurança e é para o seu próprio bem! Tire o cinto de metal e dê uma rodada em frente à maçaneta para o detector de metais fazer a averiguação.

Um puto Pompeu é carimbado e verificado. A porta abre. Dorival, sorridente, com correntes e dentes de ouro, recebe o casal.

— Fala, Pompeu! Ainda bem que você não trouxe violão! Rá,rá,rá! Sacanagem! Sacanagem!

— Fala, Dorival! Essa voz off, além de grossa, é mal-educada pra caramba.

— Frias... São muito frias as máquinas de segurança máxima, até minha mãe ficou toda cadastrada, coitada! E meu pai então, quase é cadastrado da cintura pra baixo. Rá,rá,rá!

— Como você progrediu tanto e tão rapidamente?

— Foi o tráfego.

— Não falei, Pompeu? Tráfico... Drogas!

— Vanessa, você falou que tinha cheiro de bicho!

— São os meus cachorros... Mas quando eu tava preso...

— Preso?! Aí, não falei, Pompeu?!

— É, preso no tráfego... No trânsito... Foi então que eu saltei do ônibus e fui tomar um refrigerante ali na Senhor dos Passos, e, quando dei o primeiro gole, senti uma coisa dura. Estranhei. Fui ver e era um dedo... Um dedo, você acredita?

— Você tá brincando?!

— Um dedo indicador, com unha e tudo... E o que eu fiz?!

— O que você fez?

— Primeiro, cuspi o dedo. Depois acionei a firma do refrigerante e olha o resultado... Além de refrigerante de graça pra vida toda, ganhei uma indenização monstruosa... Escrota até. Porra, mas também eu quase engoli o dedo de um funcionário da fábrica de refrigerante.

— Que sorte... E eu pensei que isso só acontecesse na televisão.

— É a tal história: "Melhor ser novo-rico, do que velho-pobre!" Rá,rá,rá! Vou chamar a minha esposa! Elisah, venha cá!

Entra uma negra lindíssima.

— Essa é Elisah, nossa secretária, ela não é minha esposa... É ótima também, muito gostosa... Vai servir um vinho pra vocês. Irani, vem aqui!

— Oi, prazer, sou Elisah, com agá mudo no final! Vocês querem vinho Bleu, Blanc ou Rouge?

— Vinho que ruge não morde. Rá,rá,rá!

— E você, Bleu?

— É... Pode ser.

Sai a gostosa e Dorival dá-lhe uma palmada no bandejão.

— Senhoras e senhores, essa é minha esposa, Irani.

— Olá. Como estão passando?

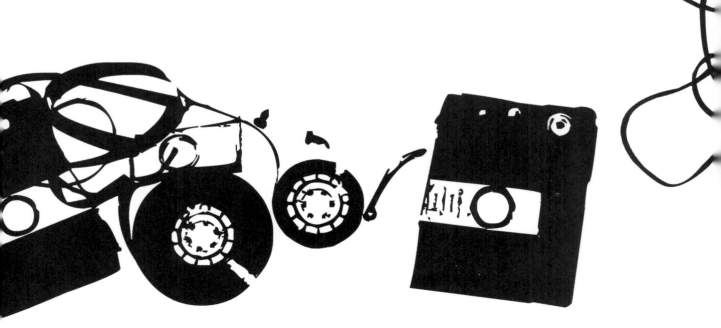

Desce com um robe de seda de motivos florais uma balzaquiana ajeitada com algumas lipos, silicones e plastiquinhas sutis aqui e ali. Vem como Cleópatra descendo as pirâmides do Egito.
— Prazer!
— Olha, você é o Pompeu! Dei gargalhadas vendo a fita do conjunto de vocês! Os filhos dos deputados e diplomatas... Cantando daquele jeito meio punk de butique com tatuagens e gel. Eu ri muito.
— Gargalhadas?! Mas era sério. O desemprego... A opressão... A corrupção... A falta de... Não sei. Mas os temas das nossas canções...
— Graças àquele dedo de Deus que a nossa vida mudou. E ainda bem que eu te conheci nessa outra fase, né, Dori?
— O dedo apontou para você, Irani!
— Depois que nos casamos, Dori me beijou em lugares que nunca tinha beijado antes.
— Mostra amor... Mostra pra eles onde eu te beijei. Apaga um pouco a luz e mostra.
— Que isso?! Não precisa... A gente imagina.
Irani aperta um botão no controle remoto e desce um telão com fotos de beijos do casal.
— Bom... Primeiro ele me beijou aqui... Em Foz do Iguaçu. Depois me beijou muito na Chechênia... Em Paris, Dakar, Sarajevo, Honolulu, Bora-Bora.
Dorival adormece e ressona na poltrona. Irani de joelhos em frente ao telão mostra detalhes das fotos com uma pequena lanterna infravermelha. Pompeu e Vanessa, enterrados num sofá de couro, olham marejados os slides e choram em Veneza. Ainda sob os roncos agora profundos de Dorival, Irani acompanha o casal até a porta e os dois, de mãos dadas, caminham em silêncio pelo lado escuro da rua. No terceiro quarteirão, Pompeu rompe o silêncio:
— Vamos tomar um chope no Baixo?
— Vamos... Quem sabe a gente não acha um dedo?

XIS-TUDO
EN*ANDRO MESQUITA

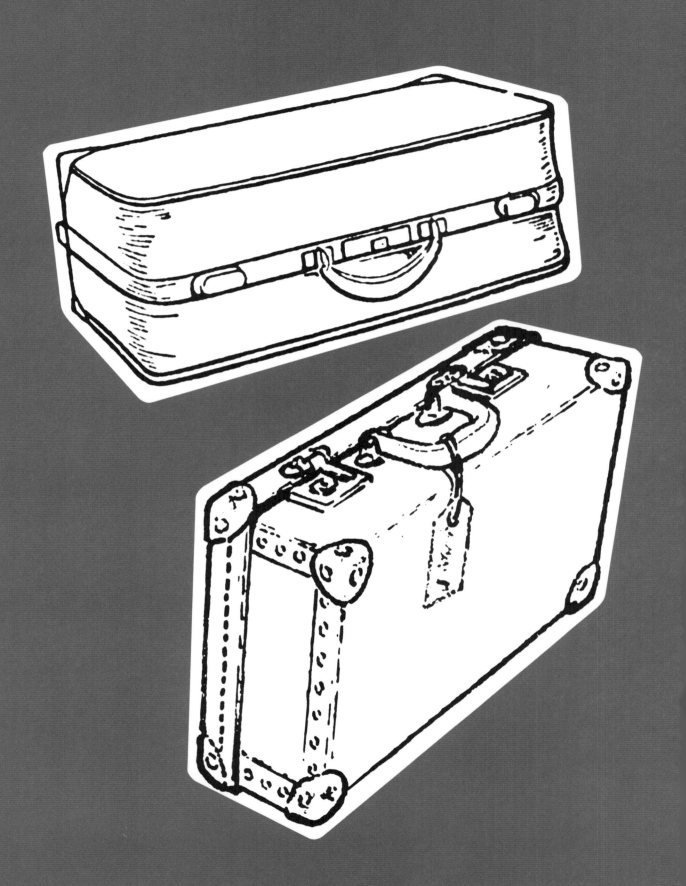

HÁ MALAS QUE VÃO PARA BELÉM

O aeroporto parecia a rodoviária. Muita gente. Muita fila. Muita espera. Finalmente tive minha passagem rasgada pelo comissário branquinho e fui com tudo para a poltrona 7B. Mesmo de noite, pus os óculos escuros. Fiquei torcendo para a poltrona ao lado ser premiada com alguma loura ou morena a fim de jogo. Sentou um senhor. Já na decolagem, dei a primeira cabeçada. Tava com sono. Muito sono. A voz da aeromoça, distorcida e com turbulência, chiava pelos alto-falantes e escorria nas nossas cabeças sem cerimônia, invadindo papos, sonhos e cochilos.

— Boa-noite a todos, sou a chefe de cabine Regina Alberto e... Olha pessoal, eu vou ser franca com vocês, o serviço de bordo hoje está meio caído, eu reciclei algumas coisas e fiz uns sanduichinhos de brioche com requeijão e ovo cozido. Tô abrindo isso pra vocês porque hoje foi foda... Fiquei incomodada... Estou com uma cólica terrível! Além disso, a bichinha que me ajudava mora em Honório Gurgel e, com a greve dos ônibus, não veio trabalhar. Por isso, eu peço a vocês um pouco de paciência. E hoje é naquele esquema de "cada um lava o seu", tá legal? Eu tô no sacrifício! Vamos compreender... Tá gente? Se eu melhorar faço uns brigadeiros para tornar essa viagem o mais agradável possível. Desculpe, gente... Mas os incomodados que se fodam! Máscaras carnavalescas cairão quando aumentar a pressão. Escolha a de sua preferência. Bote a criança mais próxima pra dormir e divirtam-se com o filme *Porque comi meus companheiros!*, que conta a história de um desastre aéreo nos Andes e de como esse acidente uniu para sempre um comissário de bordo e um dentista. Temos também os filmes *Sete homens e um veado*, passado todo num bosque, e *O trono*, com James Cagner, passado no banheiro. Os vídeos são cortesia da Dipirona, Apracur e Novalgina. Bom, gente... É isso aí! O comandante Nelson agradece a preferência e espera vê-los em breve assim que aterrissarmos, se Deus quiser! Não vou nem indicar as portas de emergência, porque a gente tá voando aaalto pra caralho! Se as portas se abrirem, todo mundo se fode, não preciso nem falar, né? Agora vou ter que traduzir tudo isso pro inglês, mesmo que não tenha nenhum gringo a bordo. Que saco! Alguém sabe como se diz brioche em inglês?

Sonhei com Congonhas e acordei com Guarulhos de fora!

CANJA ESPECIAL JOÃO UBALDO

João Ubaldo é um caso à parte... Pura arte.
Um grande amigo que nunca vi. Mas somos amicíssimos... Virtualmente.
Fernanda Torres, minha amiga queridíssima-íssima-íssima, fez a ponte e me botou na cara do gol... Frente a frente com o bigode do mestre. E de lá pra cá, temos trocado pensamentos, palavras e obras. Tudo sobre tudo. E, para o meu deleite, tivemos discussões e resenhas que iam de pentelhos femininos, futebol, cultura até loucuras em geral.
Participei também de um programa da Fernanda Torres, chamado *Santa iguinorância*, sobre um trecho do livro *Viva o povo brasileiro*, do Ubaldo. Interpretei um canibal que, entre outras e outros, comia a Nanda, num banquete antropofágico digno de Macunaíma, Meu Tio Iuauretê e Derzu Uzala.
Mestre João viu e gostou muito. Ele disse.
Nanda é danada! Nós dissemos.
Eu sei que é abuso... Mas...
Pedi licença e obtive.
Por isso divido com vocês essa refrescante sensação de bem-estar... De abrir um e-mail recheado de Ubaldo!
O imortal camarada que me dá essa moral acadêmica!
Aí vão algumas confidências autorizadas trocadas com o mestre.
Chás e biscoitinhos pra que te quero!

>> [send e-mail]

Querido mestre João,

Desculpe invadir seu espaço aéreo com esse e-mail...
É que tô escrevendo um livro chamado XIS-TUDO.
Pedi a alguns amigos especiais umas canjinhas.
Tenho a ousadia de sugerir pra vc um top ten de livros nacionais que vc gostaria de ter escrito.
Topas?
Mande sinais de fumaça.
Aguardo mordendo as unhas do pé,
Um abração do fã
Evandro

<< [receive e-mail]

Querido Evandro,

Você me desculpe por eu estar lhe mandando mensagem por voz porque eu não agüento mais... Eu tô vendo se eu ponho em dia a minha vida aqui e com esse negócio de eleição tá ficando cada vez mais difícil. Quanto mais eu respondo mais tenho que escrever, aí tô com uma preguiça de escrever monumental. Tô respondendo por voz porque não tem que organizar muito o pensamento... Enfim eu tô sem saco pra ficar teclando aqui, me correspondendo, e como não sou neurótico, respondo a uma porrada que eu não tinha que responder e esqueço a de amigos assim, de pessoas como

você. A gente nunca conversou pessoalmente, mas eu o conheço bem, claro! E a família aqui é sua fã... Nós simpatizamos muito com você e eu mais ainda depois que fiquei amicíssimo de Nanda Torres, por quem sou notoriamente fanático e faço tudo que ela manda, é uma coisa impressionante. E soube que o projeto que ela fez com você ficou muito bom e tal. Mas eu tô com um problema pra atender aqui em função, primeiro da minha vasta ignorância, que a Nanda vai desmentir, mas que com um exame mais isento concluiria ser a verdade.
Essa lista... Bom eu confesso a você que eu tenho raiva de lista, porque uma lista que eu faça variaria provavelmente de semana a semana. Eu vou lhe dizer uma coisa, Evandro, é horrível dizer isso porque sou megalômano, mas nós estamos entre artistas, então eu posso me confessar... Eu nunca queria ter escrito livro nenhum de ninguém, eu prefiro os meus, quer dizer, evidentemente que se eu tivesse escrito *Casa Grande & Senzala* eu ficaria muito feliz, mas eu não escrevi *Casa Grande & Senzala*. Assim como não escrevi os *Sertões*, mas eu não queria ter escrito esses livros não... Quer dizer, não sei se deu pra eu ser claro, por que isso é difícil, talvez, de explicar... Quer dizer, pelo menos para uma mente enrolada como a minha, mas não tem nenhum livro que eu quisesse ter escrito, eu só tenho vontade de ter escrito os que eu escrevi e os que eu não tenho podido escrever porque não me deixam, eu tenho problemas aqui. Me arranja uma perguntinha menos... Pede uma sugestão à Nanda, porque eu realmente... Me parece megalomania, mas... Talvez seja mesmo, mas eu não tenho vontade de ter escrito livro nenhum de ninguém, não tem um que eu gostaria, se eu dissesse seria mentira minha. É porque eu tenho muitos escritores de que sou grande fã, como Monteiro Lobato, como Graciliano Ramos, como... Aquele... Tô me esquecendo... É Elis o segundo nome dele, é um escritor pouco divulgado mas... Bernardo Elis! Acho que ainda está vivo, ou já morreu, não sei. Eu gosto de... Enfim, uma porção de autores, mas eu de fato não gostaria de ter escrito livro de nenhum deles.
Eu estou disposto a colaborar com seu valoroso livro da forma possível, não hesite em me escrever, mas essa pergunta tá difícil. E me desculpe por não poder lhe atender, porque eu realmente não sei, seria mentira minha eu dizer que gostaria de escrever tal ou qual livro. Fiquei muito contente em que você tenha me escrito e agora sempre que você quiser somos velhos amigos, a partir de hoje amicíssimos desde a infância. Embora você não tenha o mau gosto de ter 65 anos como eu... E escreva sempre que puder e sempre que quiser porque eu estou sempre à disposição.
Um abraço, amigo, de João Ubaldo.

>> [send e-mail]

Mestre queridíssimo,

Sensacional sua resposta!
Ri muuuito!
E como sou uma anta virtual, fiquei impressionado e com inveja da sua tecnologia na resposta sonora.
E vc tem razão, essas listas são chatas pra caralho.
São boas de ler em revistas vencidas de salas de espera de dentistas e consultórios em geral...
Mas pra fazer... Realmente é um saco.
Desculpe-me o aluguel.
Se vc me permitir citar os autores que vc falou ou se me vier uma perguntinha menos cabeluda e de fácil absorção, te mando.
Obrigadíssimo pela atenção e por ter me escalado na posição de amigo.
Um abração do eterno fã
Evandro

<< [receive e-mail]

Sempre às ordens, Evandro.

Quanto à minha resposta falada, é mais por preguiça de digitar (você precisava ver a avalanche de e-mails que têm batido aqui, apesar de uma porrada de filtros e semelhantes). Mas eu também adoro me exibir, é claro. E, já que estamos em animus amicitiae, mando-lhe um modesto item de minha renomada besteiroteca.
Se você já tiver, fale, que eu mando outro, comigo o cliente tem sempre razão.
Mas Evandro, não me corrompa, eu tenho de trabalhar, hoje é dia de fazer a bendita crônica. Como foi que você soube que eu adoro ser interrompido na hora do trabalho? É verdade, me tira a culpa um pouco e eu fico dizendo à minha mulher, mentirosamente, é claro: "Esses caras da Internet não me deixam trabalhar. Mas é só esta vezinha."
Acho que este e-mail vai lhe render pelo menos um bom item para sua coleção.
Abração de JU

>> [send e-mail]

querido mestre João

escrevo em minúscula com humildade de um pequeno gafanhoto diante do samurai.
ouvi com orgulho novamente o e-mail falado que vc me mandou... e é GENIAL! Muito engraçado e com tiradas brilhantes, doutor!
fico tentado a transcrevê-lo para meu livro... É como a história do cara que comeu a sharon stone e tem que contar pra alguém...
Vc me daria essa honra?
Ou delicadamente me mandaria ir à luta da Sharon Stone ou à merda?
Desde já... Emocionado agradeço qualquer resposta e farei tudo que meu mestre mandar!
evandro lee

<< [receive e-mail]

Fugindo do trabalho...

Rapaz, muito obrigado, nós somos seus fãs aqui em casa, minha mulher por acaso tava aqui quando chegou o seu e-mail e eu abri, porque o que eu estou fazendo é adiar trabalho... Se bem que eu tenho toda a razão em adiar esse trabalho, porque o que eu trabalho de graça para os outros, e fazendo ainda por cima coisa desagradável, quer dizer... Que eu detesto fazer, as pessoas não acreditam que eu detesto fazer, ou coisas que eu odeio fazer ou coisas que eu não sei fazer é uma merda. "Por que você não vem pra Globo, meia lauda, o que é meia lauda pra você?" Porra, o que é meia lauda pra mim? Se eu escrever meia lauda de merda, nego me esculhamba: "Olha aí o João Ubaldo, faz essa merda!" Agora, se eu faço uma meia lauda boa, "Foi o João Ubaldo, foda-se! Saiu como tinha que sair e tal". Quer dizer, eu só tenho o ônus dessa merda, e é o tempo todo, é um inferno. E agora eu tô aqui, eu costumo toureá-los. Consigo tourear uns 80% desse assédio, mas os 20% que sobram é uma merda. Agora mesmo eu nunca... O que vou lhe dizer é quase uma confidência, mas já não é nem uma confidência, já é uma coisa que meus amigos devem saber e podem soltar em mesas de bar e reuniõezinhas e ocasiões semelhantes se for propiciada a oportunidade, porque eu não sei escrever prefácio, orelha de livro, introdução... Eu não tenho "embocadura" pra isso, nego não acredita que eu não sei, EU NÃO SEI, PORRA! A mesma coisa que um músico que toca muito bem saxofone, o cara diz: "Toque flauta aqui que eu sei que você sabe!" "Eu não sei tocar a porra da flauta!" O cara: "Claro que você sabe tocar flauta pô, você toca sax!" Ou então o cara toca um tipo de sax mas não toca outro, ou então um tipo de trompete mas não toca outro, é uma merda! Aí eu não sei escrever essas porras e não escrevo. Todos os prefácios que mesmo assim eu assinei, foram prefácios que eu pedi para o escritor escrever, o autor do livro escrever, e eu, no máximo, copidesco. Agora, tem um livro com o qual eu não tenho nada a ver, mas a mulher que é a autora, eu gosto muito dela. É uma pessoa que não vai entender negativa e não sei o quê... Aí eu disse: "Escreva a merda do prefácio que eu assino qualquer porra", aí ela... Então, geralmente eu faço isso, eu acrescento só os elogios que o cara fica com vergonha de colocar pra si mesmo, aí eu acrescento que é do caralho, que eu tô dizendo que vou parar tudo e começar a ler aquilo. Porque todo mundo acha isso, que vai mandar os originais e que eu vou parar

tudo, porque ninguém acha que escreve merda, todo mundo acha que o que escreve é bom. E o que todo mundo quer é natural, é humano, eu compreendo, mas é que é foda, debulho no saco do cara, é natural que seja assim. O sujeito, ele não quer uma opinião honesta e sincera, como ele pensa, honesta e sinceramente, que ele quer. Ele quer uma opinião honesta e sincera contanto que seja a favor, por que ele não está procurando uma opinião, ele já sabe que o que faz é bom, ele acha que o que faz é bom, ele tem certeza de que o que faz é bom, ele quer a confirmação do talento dele. Rapaz, eu já fiz tanto inimigo por dar opinião sincera. Inclusive, outros, que vêm me explicar que o que eles fizeram é bom. Eu digo: "Porra! Tá certo! Agora, você não vai poder sair com esse livro. Se publicar essa merda em livro, não vai poder sair de casa em casa de quem comprar o livro explicando: - Olha, isso aqui é bom por isso e por isso e por isso..." Porra, aí tô com um prefácio aqui, que ela já escreveu, ela topou a idéia de escrever o prefácio, mas aí também é foda! É impossível assinar a merda que saiu, eu tenho que reescrever, porque não vou colocar meu nome nessa porra, que não é do jeito que eu escrevo. Ela não é burra não, ela é muito inteligente, aliás... Enfim, como se diz na Bahia, ela é uma "retada", realmente é uma mulher... Mas escreveu um negócio que eu jamais escreveria daquele jeito deles lá... Lá vou eu passar... porra! É por isso que eu fico adiando trabalho! Passar a bosta da noite reescrevendo um treco sobre o qual eu não entendo porra nenhuma é uma merda! Muito obrigado pelo presente, tá aqui guardado, e eu vou ter que encarar essa porra desse prefácio não sei como... Eu vou mandar pra você uma hora dessas anexado aí... Aliás, eu vou mandar umas cartas num papel de parede pirado pra você ficar olhando... É bom de olhar, e eu acho que eu tenho um outro negócio aqui que talvez você... Bom, eu vou ver aqui, depois, depois, talvez hoje não, depois...
Um abraço grande, muito obrigado novamente! Tchau!
JU

>> [send e-mail]

Mestre João,

Estou tentado a cometer a heresia de colocar parte da nossa correspondência virtual no meu livro.
Daria uma moral acadêmica sensacional aos meus "teXtículos"!
Você acha sacanagem? Vai riscar meu nome do seu caderno?
É uma honra tê-lo por perto...
abração
evandro

<< [receive e-mail]

Vá em frente!

Evandro, daí agora eu me lembro, é... Isto é uma vergonha, mas eu vou lhe confessar... Eu estava arquivando seus e-mails, que eu imaginava que seriam muito episódicos, mas para alegria minha estão sendo freqüentes, porque ao contrário do que você pode ter pensado, eu não estava ironizando quando dizia que me interrompesse no trabalho... Não porque eu adoro ter desculpa para ser interrompido no trabalho... Porque eu sou o rei da culpa. Por exemplo, você tem uma unha encravada. Aí você chega para a Fernandinha e diz: "Ô Nanda, eu tô com a unha do dedão do pé encravada e a culpa é de João Ubaldo." Aí a Nanda fala pra mim: "Olha, o Evandro falou que a culpa da unha encravada dele é sua!" Dentro de meia hora eu já teria elaborado o raciocínio segundo o qual eu sou absolutamente culpado por sua unha encravada e me rôo de remorsos... É uma coisa horrível... Então eu sou o próprio rei da culpa. E aí quando eu sou interrompido no trabalho eu fico felicíssimo porque depois eu fico desculpando a mim mesmo. Embora no fundo não adiante nada, porque essa doença é cuca tonta mesmo, mas um tratamento sintomático ajuda às vezes... Então digo assim "Porra! Não pude trabalhar!" Grito para minha mulher, porque eu faço um belo eco de desculpa. Aí eu não tô trabalhando por preguiça ou por qualquer outra razão, que aliás, eu tenho o direito pô, eu tô com 65 anos, não tenho mais que mostrar porra nenhuma, enfim... Mas tenho que trabalhar porque, infelizmente, não ganhei dinheiro para viver sem trabalhar. Mas de qualquer forma, eu uso a minha mulher pra dizer assim: "Olha o Evandro, porra! Me mandou não sei quantos e-mails, porra! Aí eu não tive jeito, me desconcentrei..." Tudo mentira, mas é porque... Não é só você... Eu, se quiser, por exemplo... Tenho um programa aqui sofisticado que vê meus e-mails no servidor ainda, e eu posso apagar sem baixar no meu Outlook, ou seja, sem perder meu tempo com porcariada "aumente o pênis", "ejacule um litro de porra", essas coisas que nego anuncia na TV, na internet... E eu posso desativar de várias formas, mas eu deixo ativado, ele fala com a voz da minha mulher: "Tem carta no servidor", "Chegou carta!" Eu pedi para ela gravar e eu deixo aberto de propósito para saber que entrou carta, aí é uma grande desculpa. Eu, hoje, como estava atrasado para a crônica, deixei ele

realmente desativado durante um tempinho. Aí agora, já fiz a crônica, mas eu não mando antes. Eu só mando depois que minha mulher lê, porque ela é controle de qualidade. Eu fico olhando para a cara dela com receio, se eu não gostar da cara dela eu pego de novo a crônica e refaço ou retoco, mas acontece raramente, graças a Deus. Quanto a você usar meus... Desculpe o falatório porque eu tô interrompendo, aliás, eu já acabei a crônica, só falta mostrar a ela, eu tô feliz. Aí se você quiser usar aquele negócio que eu falei nos seus "teXtículos", vai em frente! Não tem problema nenhum, a não ser que eu tenha dito alguma besteira que agrida alguém. Eu não costumo fazer isso, mas às vezes faço... A não ser que eu tenha chamado alguém de bom filho-da-puta ou qualquer coisa assim, porque aí é crime de injúria. Então eu não quero que ocorra isso, mas de resto tenha toda liberdade de usar, porque eu sou comunista, o que é meu é dos amigos também... Quer dizer, quase tudo! Não sou comunista radical...
Um abraço grande e escreva sempre, vou abrir sua pasta hoje! Agora! Ato contínuo, e peço desculpas por tratá-lo como uma espécie de subsidiária de Nanda. Isso não é justo... Você é um correspondente com todos os direitos e regalias a que têm os felizardos componentes da minha lista, do meu canal de endereços. Será criada portanto em seguida... Você beba a isto! Eu tô bebendo um guaraná... Se você pode beber, beba a isto e com uma pequena solenidade estarei abrindo a pasta "Evandro Mesquita" para onde transferirei os já arquivados na pasta "Fernanda Torres". O meu mais cordial saudar e tenha um grande dia e proximamente um grande fim de semana.
João Ubaldo

>> [send e-mail]

Querido mestre João Potaqueupareu! Muito bom! Sensacional também esse e-mail sonoro!
Vc devia mandar suas crônicas gravadas, ela já sai pronta e prosa. Genial. Ri muito.
Eu entendi perfeitamente a agradável sensação de ser interrompido durante o "trabalho" para uma coçada de saco... Para comer alguma coisa... Ou alguém, que ninguém é de ferro.
Embora feliz, apertadinho com a Nanda na pasta dela, fiquei muito honrado com a abertura da minha e com a graduação recebida da condição de amigo virtual! Fico nervoso pq aumenta muito minha responsabilidade nos e-mails que te envio... Mas procurarei mandar só os melhores momentos.
Desculpe-me essas mal tecladas linhas, elas são frutos de um primário precário, um segundo grau nas coxas (literalmente),

alguns períodos de educação física e um pouco de surf.
Um grande abraço do seu fã
Evandro

<< [receive e-mail]

Evandro,

Inauguração festiva de sua pasta. Bobagens anexadas.
Abração de JU

>> [send e-mail]

Caríssimo mestre João
Suas mensagens me fazem lembrar os ensinamentos de mestre Jigoro Kano, do judô, que dizia mais ou menos assim: "Quando vc achar que não sabe nada... terá feito seu primeiro progresso."
Obrigado pela luz que me envia ainda no meio do túnel, com sua sábia e gutural voz de FM.
E que sensacionais bobagens!
Que mulheres lindas!
Dou uma filtrada nas besteiras que mando pra sua besteiroteca, que é extremamente eclética, culta e parruda.
Vai da arte da putaria extrema até o toque divino de Michelangelo e Carlos Zéfiro.
Vou arriscar e te mandar um conto meu, posso?
Abraços emocionados
do pequeno gafanhoto
Evandro

<< [receive e-mail]

Evandro,

Eu, o grande chato da rede, tinha esse pps. Mas nunca deixe de me mandar nada por achar que eu já devo ter. Acabei levando a sério minha besteiroteca e, no dia em que você aparecer aqui, lhe mostro que organização. Segue em retorno outro pps, que espero que você ainda não tenha.
E, Evandro, você pode me mandar um conto seu, mas eu sou ruim de opinião. Aliás, sou péssimo e quase nunca dou, porque nunca tenho certeza de nada. Mas pode, sim.
Abração de
JU

>> [send e-mail]

Maravilhoso, João
É disso que preciso!
Abs
Evandro
PS. Anteontem nasceu Alice, minha filha...
E pra minha felicidade, ela não tem cara de japonesa!
No mais... Tudo na paz...
Entre fraldas e beijos.

<< [receive e-mail]

Parabéns, cara, uma das melhores coisas do mundo é ter uma filha. Parabéns mesmo!
Abração de
João Ubaldo

>> [send e-mail]

Que bom! Eu tenho duas!
Evandro Mesquita

FRASES DE PÁRA-CHOQUE

Oh! Arlindo Orlando volte/ Onde quer que você se encontre/ Volte para o seio de sua amada/ Ela espera ver aquele caminhão voltando De faróis baixos e pára-choque duro.

6 pneus cheios e 1 coração vazio. • 70 me passar, passe 100 atrapalhar. • 80ção 20buscar 100você, não sei viver! • 99% da beleza feminina sai com água e sabão. • Adão que foi feliz de não ter sogra e morar no paraíso. • Adoro as brasileiras, mas prefiro mesmo as tchecas. • Adoro as rosas, mas prefiro as trepadeiras... • A gente se encontra um dia, quando eu voltar. • Agora vou votar nas putas ... cansei de votar nos filhos delas. • A humildade é a base da felicidade. • A luz dos teus olhos ilumina o meu caminho. • A mãe me chama de cachorro, a filha dela me chama

de gato. • A medicina não cura a dor da separação. • A melhor maneira de se lembrar do aniversário da mulher é esquecê-lo uma vez. • Amor é igual a fumaça: sufoca, mas passa. • Amor sem beijo é como macarrão sem queijo. • A mulher foi feita da costela...imagine se fosse do filé. • A primeira ilusão do homem começa na chupeta. • A semelhança entre o entregador de pizza e o ginecologista é que os dois sentem o cheiro, mas não podem comer!

201

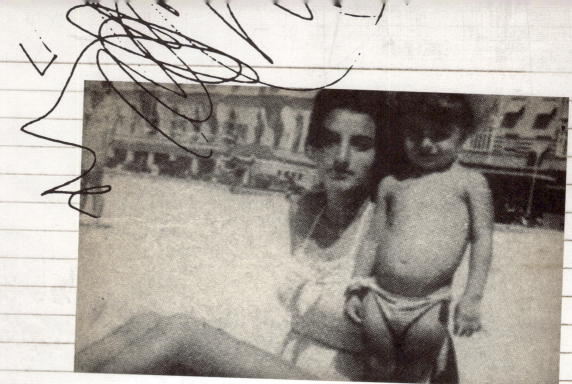

Eu e minha Mãe

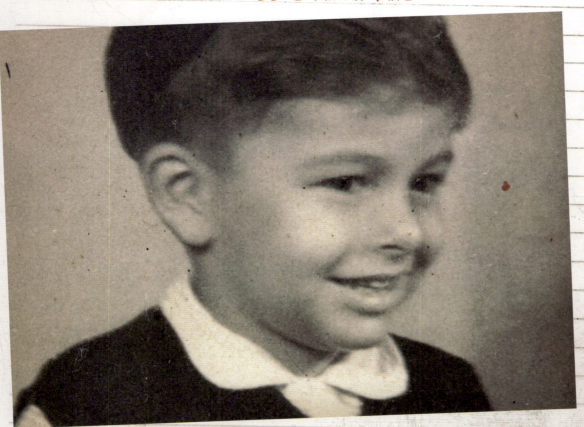

ESSA LINDA
DEDICADA A
DE BXX
93?

MAS /SERA QUE ESS
SE
INTELIGENTE
?
BROTO
ACHOU D
FICA
IXO DA

NCO
OIS PONTOS S
MA VEZ
AM
LINDO PARCE
PRE QUE

OSSA VIAGEM
EM NA VIAGEM
- EU SEM CAMISA
BABEI
LEITE!
DO FU G
HOLLYWOOD
DATA
DO GILBERTO
ELO ATUAL
ME FALE
EM MIM
DE ESQUIS
QUE FIZ
INFANTIS
AMOR PEDE

Os amo to viagem
e todas as provas do
plancto hospede do
LIBERDADE!

BRASILIA 11/98

UNIVERSITÁRIA OTÁRIA

1 - ESSA É A HISTÓRIA DE UMA UNIVERSITÁRIA
OTÁRIA QUE FEZ VIDA SE MATRICULAR NA UFPA
OU VETERINÁRIA
2 - ARQUITETURA RECUSOU ALTA A SUA FORMURA
É A COMPENSAR A CHUVINHA E FIGURANTES
ELA SE DAVA BEM ELA TOMA BEM
ELA SE DAVA DE M GRINDETA
3 - ERA BOA EM LINGUAS
MAS NÃO SABIA BASTA
AÍ U

• VOCÊ ESTA MEIO CONFUSA,
FICA MAIS BONITA ASSIM SE
EU NÃO QUERIA FALAR MA
VOU DIZER:

TODO MUNDO QUER IR PR
MAS NINGUÉM QUER MOR
E POR SORTE OU POR AZA
ELES NÃO PASSARAM NO
MORAM JUNTOS ATÉ HOJE
RESOLVERAM NÃO CASAR F
ESSE FOI APENAS UM LAP
DE APARECIDA E ABREU, P
E SÃO DOIS GRANDES AMIG

SLIDES

PRECISO ME ENTENDER
PARA "HABLAR" COM VOCÊ
NO MESMO TOM OU ENTÃO NA MESMA LÍNGUA
HARMONIA DELICADA, DEDILHADA, DEDICADA A VOCÊ
PLEASE ME DIZ NOSSO AMOR PEDE BIS
QUE LÍNGUA EU TENHO QUE FALAR?
SE VOCÊ "NON ME ~~QUITE PAS~~
COMPREENDE "PAS" / SERA QUE NÃO SOU EU
NEME QUITE PAS, LA VIE AN ROSE
VOCÊ ME DIZ CHEIA DE POSE
NON ME CAPISCA NIENTE
APESAR DE SER UMA MULHER INTELIGENTE
ME SERVE CERVEJA QUENTE
I CAN'T, UNDERSTAND, I CAN'T
SERÁ VERDADE OU VOCÊ MENTE?
NOSSA SEMENTE DE AMOR QUE BROTOU NESSE BAR
E ~~PLENA~~ MADAGASCAR SE MACHUCOU NUMA LUTA BOX
VOCÊ FICA TÃO SEX TOCANDO
~~COM BATE~~ GUITARRA BATERIA E BAIXO ALTO PODEROSO BEM
TEOR ALCOÓLICO
NUM CHUTE DE EFEITO PARABÓLICO
EXPLODINDO NO TRAVESSÃO... DOIS PONTOS
ME PEDE QUE EU FICO DE UMA VEZ
PRA VER OS DRIBLES DO TICO EM JAPONÊS
ENTRE SUSHIS E SACHIMIS É LINDO PARIS
VOCÊ É A MULHER QUE EU SEMPRE QUIS
EU SÓ PRECISO SABER
COMO FALAR COM VOCÊ
SLIDES COLORIDOS DA NOSSA VIAGEM
VOCÊ NA CAMA DO HOTEL SEM MAQUIAGEM
E TEU SORRISO MONALISA EU SEM CAMISA
DE PORRE NA TORRE DE BABEL
DEPOIS NÓS NA TORRE ~~DE BABEL~~ EIFEL
LONDON LONDON NO MEIO DO FOG
O MUSEU DE VAN GOGH, REMBRANDT
DE MANHÃ EM AMSTERDAM
AMANHÃ NA MESA AO LADO, PERTO DE JOÃO GILBERTO
FOTOS DA ILHA DE JAVA, INDONÉSIA, ÁFRICA
COSTA DO MARFIM E BALI ME FALE
SE ~~AINDA~~ ESTAVAS PENSANDO EM MIM
ME LEVE, MY LOVE, PRA NEVE DE ESQUIS
MAS ANTES ENTRE E OUÇA ESSA CANÇÃO QUE EU FIZ
PENSANDO NOS TEUS OLHINHOS INFANTIS
PLEASE ME DIZ, QUE O NOSSO AMOR PEDE BIS!

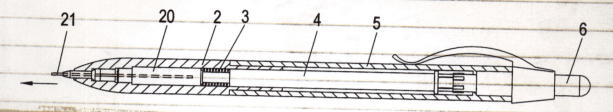

Evandro Mesquita

Nasceu no Rio de Janeiro em 1952. Aos 19 anos, estreou como ator na peça Hoje é dia de rock. Nos anos setenta fez parte da criação coletiva Trate-me leão, do grupo teatral Asdrubal Trouxe o Trombone. Nos anos oitenta foi o criador da banda Blitz. Em 2003, ganhou o prêmio Shell de autor, com a peça Esse cara não existe, escrita em parceria com Mauro Farias. Atuou em filmes como Menino do Rio, Gêmeas e Os normais, e em novelas como Top Model, Vamp e Bang-Bang.

Nos últimos tempos fez mais uma filha, plantou uma árvore, escreveu um livro e entrou para o elenco da Grande Família.

Esta obra foi produzida pela Editora Rocco. A composição empregou os tipos Conduit ITC, J.Dwritehand, Din Bold, FF Din-2 e Phont-Phreaks. O papel utilizado para o miolo é Offset 120 g/m² e para capa cartão supremo 350 g/m² Acabamento e impressão Stamppa